CARLOS DOMINGOS MOTA COELHO

eu e
Marilyn Monroe
& o Outro

MUSA FICÇÃO VOLUME 10

© Copyright Carlos Domingos Mota Coelho, 2010

CAPA E PROJETO GRÁFICO | Teco de Souza

REVISÃO | Vinícius de Melo Justo

IMPRESSÃO E ACABAMENTO | Gráfica Editora Parma

*Este livro foi editado de acordo com a Nova
Ortografia da Língua Portuguesa*

*Títulos de livros e expressões estrangeiras aparecem fora da normatização usual,
contextualizados à escrita do personagem.*

Dados Internacionais de Catalogação na Publicação (CIP)
(Câmara Brasileira do Livro, SP, Brasil)

Coelho, Carlos Domingos Mota
    Eu e Marilyn Monroe & o outro / Carlos Domingos
Mota Coelho. — São Paulo : Musa Editora, 2010. —
(Musa ficção ; 10)

    ISBN 978-85-7871-007-1

1. Ficção brasileira I. Título. II. Série.

10-06939   CDD-869.93

Índices para catálogo sistemático:
1. Ficção : Literatura brasileira 869.93

Todos os direitos reservados.

MU∫A
EDITORA

MUSA EDITORA

Rua Bartira, 62/21
05009 000 São Paulo SP
Tel/Fax (5511) 3862 6435
www.musaeditora.com.br
musaeditora.com.br/blog
loja.musaeditora.com.br
Twitter @MusaEditora

IMPRESSO NO BRASIL, 1ª EDIÇÃO, 2010

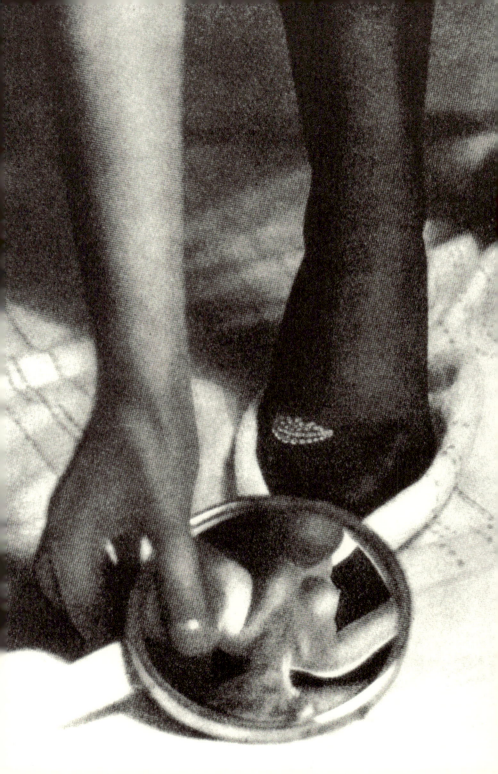

Prefácio

Se eu tivesse a coragem de publicar livros, com certeza este que ora prefacio levaria em sua capa a minha autoria. Cheguei a mandá-lo para impressão com o meu nome, como se seu autor eu fosse. Voltei atrás por medo de ser pilhado como farsante, sobretudo em entrevistas, onde seria iniludivelmente desmascarado, por não entender bulhufas do que nele está escrito. E, se nada entendo do livro, muito menos de seu autor, por que me meti a ser seu prefaciador? Sou legitimamente dono da obra e a sua aquisição se deu num dia em que resolvi buscar companhia nos classificados de um jornal. Lendo, um a um, aquelas centenas de anúncios de sexo pago, um me chamou a atenção, pois, em lugar de sexo, era oferecido originais de um livro. Liguei para o anunciante, marcamos um local e lá nos encontramos. Achei interessante o local dos classificados onde ele entendeu de publicar o seu anúncio e ele, apressado e nervoso que estava, nem me deu atenção. Pediu a quantia que eu bem entendesse como justa, paguei e fiquei com os originais. Ele imediatamente se mandou. Tempos depois entrei com uma ação de despejo contra um picareta de um filósofo que me devia um mês de aluguel. Ele, desempregado e sem nenhuma profissão, implorou para que eu lhe desse alguma ocupação, como forma de ressarcir o prejuízo que sofri. Voluntariamente, ele deixou o imóvel e eu transformei a ação de despejo numa de cobrança do aluguel. Sentindo que ele jamais cobriria o prejuízo que sofri, entramos em acordo judicial, quando me lembrei dos tais originais que comprei. Ele se comprometeu a lê-los e interpretá-los para mim. Bem que tentei ler aquelas fichas datilografadas, mas nada entendi, pela simples razão de que a máquina de escrever utilizada pelo autor não tinha tipos com os caracteres a, b, e, i, t e s, o que levou o escriturário a utilizar o numeral 1 em lugar da letra 'i', o 3 como 'e', o 4 como 'a', o 5 como 's', o 7 como 't' e o 8 como 'b'. Todo o texto escrito em caixa alta levou o filósofo a concluir que o dispositivo de minúsculas da máquina estava avariado. Mas, assim que ele pegou um jeito especial de ler aquele estranho texto, seus olhos faiscavam e cintilavam na medida em que ele lia cada palavra, frase ou parágrafo. Embora doido de pedras, aparentemente despido da condição de avaliar bem o conteúdo de uma obra, a sua estupefação fez com que eu me despertasse para eventual valor econômico em publicá-la. A grande quantidade de fichas escritas pelo escriturário, bem assim o fato de muitas estarem corroídas por traças, impedem a sua publicação na íntegra. Correndo risco de mais um prejuízo é que a apresento aos eventuais compradores, pedindo-lhes encarecidamente que comprem este livro, ainda que seja para enfeitar as suas estantes.

CDMC
Corretor de Imóveis

eu e
Marilyn Monroe

Ele, há anos, insiste em ser meu amigo. Eu, por todo esse tempo, dou a ele provas e mais provas de que não faço questão alguma de sê-lo. De um tempo para cá, ele tenta me chatear com o papo de que o meu alheamento das pessoas se deve ao fato – verdadeiro, confesso – de que eu não comi Marilyn Monroe. Não sei de onde ele tirou isso da cabeça. Como nunca troquei, nem pretendo trocar, uma palavra sequer com ele ou com qualquer outra pessoa dali, exceto o garçom e o dono do sebo em frente, jamais terei vaga ideia de como ele chegou ao endereço da minha aparente desilusão com as pessoas em geral. Se eu fosse dado à fala, argumentos eu teria de sobra para provar que nunca me interessei por mulheres, nem por homens ou bichas, muito menos por uma atriz que morreu quando eu tinha seis ou sete anos. É bem verdade que quase cem passaram pela minha cama, sem contar cerca de outras cem que satisfizeram meus baixos instintos em lugares como moitas, escadarias, automóveis, ônibus, sofás de repartições públicas, aviões, transatlânticos, ilhas, parques e outros logradouros... Mas chamar isso de interesse por alguém é algo despido de qualquer lógica. Ninguém me importuna, senão ele. O garçom fica de papo com todos os fregueses, menos comigo. Quase todos os seus clientes frequentam diariamente o bar e ele os trata pelo nome ou apelido. O meu nome ele não sabe e jamais saberá. Na primeira cerveja que tomei ali ocorreu a primeira e única pergunta, jamais respondida. Aquele bando já se acostumou com o meu jeito de ser e a sensação que tenho é a de que, para seus olhos, sequer estou ali. Todos os meses pago, antecipadamente, exatas noventa cervejas e trinta bolinhos de carne de segunda, única iguaria servida no bar. Três me são servidas, diariamente, em intervalos de uma hora e o tira-gosto eu o como na saída. Com isso o garçom é poupado dos meus chamados e eu dispensado de falar com ele. Meses atrás, flagrei um cochicho dando conta de que eu já havia tomado onze mil, seiscentas e treze cervejas. Ao ouvi-lo, acho que pela primeira vez externei naquele recinto algum sentimento, ao esboçar um leve e amarelo sorriso, pois a conta estava absolutamente exata, considerando que, naquele dia, eu completara dez anos, nove meses e três dias de frequência ininterrupta àquele bar. Por idêntico lapso de tempo frequento o sebo em frente, onde, mensalmente, pago antecipadamente pelo direito de folhear e ler livros. Jamais comprei um, mas se eu tivesse comprado pelo menos três por dia, a biblioteca que não possuo teria mais de onze mil volumes. Dos vários folheados no início de minha rotina etílico-literária, três são levados para a mesa do bar e, pontualmente, às dez da noite, restituídos ao sebo que, em seguida, cerra suas portas. Tirando o chato com o papo sobre Marilyn Monroe, nada desvia a minha atenção das obras que levo para a mesa do bar, muitas delas centenas de vezes relidas. Às vezes tenho vontade de reler determinada obra, reviro todo o sebo, mas não a encontro. Nada pergunto ao dono e dou-a resignadamente por vendida. Costumo, algumas vezes, deparar com uma anteriormente não localizada e me encho de alegria ao folheá-la novamente. Não sou de fazer anotações, mesmo porque não carrego papel e caneta. Jamais os pedi ao garçom. Há mais de dez anos não escrevo nada a respeito do que penso e leio. Para mim basta a jornada de oito horas na repartição, onde, sozinho, cuido dos apontamentos cadastrais. Mas hoje, por conta do malsinado sujeito que insiste em ser meu amigo, resolvi abrir uma exceção, impondo-me a tarefa de desvendar o mistério de sua ilação a respeito de mim e Marilyn Monroe, sem obviamente perguntar a quem quer que seja, inclusive a ele. Não acho que devo aparecer no bar, logo à noite, munido de lápis e papel, pois isso seria reparado pelos que se acostumaram a me ver, por tantos e tantos anos, apenas bebendo, fumando e lendo. Não posso dar ao garçom e aos fregueses um motivo para que eles se sintam tentados a falar comigo. Na pensão nem pensar, pois nem de mesa disponho, além da precariedade da lâmpada de vinte e cinco watts que ilumina o meu cubículo. O jeito é aproveitar a minha semiociosidade na repartição, facilitada pela minha absoluta privacidade neste remoto canto desta imensidão de arquivo. Jamais, em quase onze anos em que trabalho no preenchimento de fichas, alguém as manuseou, o que me dá a certeza de que, escrevendo nelas as minhas impressões, elas permanecerão a salvo da bisbilhotice alheia, até que o governo decida pela incineração ou que o ribeirão em frente sofra uma grande enchente. Aliás, a decisão de trazer o arquivo para este velho galpão foi tomada justamente em razão da possibilidade de uma enchente fazer aquilo que a burocracia não consegue, que é se livrar de um arquivo desnecessário e de um funcionário imprestável. Pena que, com a luz cortada há anos, a minha jornada não possa ser antecipada ou estendida, regulada que se acha pela infiltração da luz natural pelas claraboias, ajudadas pelas centenas de frestas deste telhado centenário. Mas tenho tempo suficiente para fazer o que ora me imponho e estes poréns e no entantos devem ser debitados ao meu cacoete funcional de reclamar de tudo.

Tenho que começar o meu inquérito sobre o que levou um sujeito, que não conheço, a atribuir a minha alienação a um fora que eu teria levado de Marilyn Monroe. Não estou bem certo se, na cabeça dele, foi ela quem me deu um fora ou fui eu que, assediado por ela, não a comi e depois me arrependi. Devo admitir uma terceira possibilidade: ela deu todas as dicas para que eu a comesse, a minha ficha não caiu, ela desistiu e se suicidou e eu, tempos após, dei conta da minha ignorância acerca dos sinais emitidos pelas mulheres, me arrependi de não tê-la comido e, por conseguinte, me tornei um zumbi.

A primeira hipótese eu posso descartá-la prontamente, pois só leva fora aquele que se engraça com uma mulher, coisa que jamais fiz na vida. Nem flertar sei, muito menos manejar artifícios de galanteria. Mas, apenas por argumentar, admitamos que eu tenha, por exemplo, sido acometido de algum espasmo que, num ato reflexo incondicionado, me fez mover rapidamente uma das pálpebras e que Marilyn, ao percebê-lo, me deu um fora. Nesse caso, sabedor de que o fora se deveu a um flerte que não era flerte, razão alguma eu teria para me emputecer com o mundo. Portanto, nenhuma razão assiste ao abelhudo do bar em atribuir o meu jeito estranho de ser a Marilyn Monroe. Mas de qualquer forma a hipótese, neste caso, poderia se inverter: Marilyn me imaginou rico e poderoso, se engraçou comigo e num motel, ao revirar os meus bolsos, viu meu holerite de servidor público e me deu um fora. Também esta não cola, porque não ando com contracheque no bolso, mesmo porque nunca fui apanhá-los na Pagadoria Geral, para não ter que ver ou ser visto por chefes e colegas de serviço. Além do mais, com o caraminguá pingando mensalmente na minha conta-corrente, nunca vi serventia alguma no ato de buscar contracheque. Portanto, esta possibilidade não se sustenta.

A segunda hipótese – fui assediado por Marilyn, não a comi e me arrependi – também é cheia de furos e inconsistências, na medida em que, bela como era, Marilyn não tinha motivos para assediar ninguém, muito menos um sujeito como eu. Mas, levando-se em consideração uma tara ou parafilia que costuma acometer as mulheres, consistente na fantasia de se querer deitar com mendigos, por exemplo, a hipótese poderia se sustentar: Marilyn deu em cima de mim e eu, feio que nem um cão, achei que aquilo era um delírio, ela sumiu, eu dei conta de que era real, mas já era tarde e até hoje vivo absorto e emmimmesmado pelo mundo. Mas a hipótese se sustentaria se aparência de mendigo eu tivesse. Embora ganhando pouco, pagando pensão, marmita, cerveja e sebo, a condição de funcionário público sempre me impôs certo aprumo no trajar, o que descarta por completo tal linha de raciocínio. Seria também plausível supor que Marilyn me assediou, eu consenti, fomos para a cama e na hora agá eu brochei. Bem, mas por que eu haveria de me arrepender se o ato de brochar é estranho às ações volitivas? Só se arrepende daquilo que está na zona de nosso discernimento. Quando muito, na hipótese, eu poderia lamentar, jamais me arrepender. Não seria um desvairo supor que o assédio de Marilyn não era, na verdade, um assédio e, por conta disso, não o levei a sério, não a comi e me arrependi. Mas essa hipótese vai pelo mesmo caminho da imediatamente anterior, na medida em que não se arrepende de algo cuja inocorrência é fruto de um engano.

A terceira hipótese – Marilyn emitiu todos os sinais que uma mulher instintivamente emite quando está a fim de alguém, eu não os percebi de imediato, o desejo dela passou e, quando dei conta de que ela tinha estado a fim de mim já era tarde, o que me levou a viver para sempre macambúzio – é plausível se se levar em conta que, de fato, muitas vezes me sucedeu algo assim. Lembro-me, certa feita, de uma carona que uma bela morena me deu em sua sombrinha, quando fomos surpreendidos por um temporal; lembro-me de outra que passava os dedos pelos seus longos cabelos e me fitava candidamente; de outra que me pediu que eu a ajudasse a fechar a torneira do jardim, agachou-se e deixou na proa de minhas vistas a sua calcinha. Lembro-me até de outra, casada, que certa feita me pôs em seu colo e eu, embora queimando de tesão, pensei que aquilo era algo ditado pelo instinto maternal e não fui avante. Todas eram belas, nem por isso me tornei macambúzio. Por que, então, eu deveria me tornar macambúzio só porque o alvo do meu engano foi justamente Marilyn Monroe? Examinando a questão por outro prisma, não seria absurdo supor que, de fato, Marilyn emitira todos aqueles sinais característicos de uma fêmea no cio e que eu, macho avoado, não os captei. Ora, despiciendo dizer sobre o jeito com que Marilyn se desmanchava diante dos homens. Em sendo assim, ainda que eu fosse um poste não haveria como não perceber seus apelos eróticos, o que leva à límpida e cristalina conclusão de que a coisa não foi bem assim e que o sujeitinho do bar está redondamente enganado. A hipótese em tel... (Tenho, por hoje, que parar pois o relógio da estação acaba de dar seis badaladas... Retomo amanhã...)

Retorno a esta ficha apenas para consignar que no dia de ontem, como venho fazendo a exatos três mil, novecentos e cinquenta e quatro dias, ao tomar a minha 11.862ª cerveja, fui novamente importunado pelo chato do bar. Esbocei desfiar para ele, de cor, todo o rosário de argumentos que eu reduzi a termo nesta ficha. Seria a primeira vez em todo esse tempo que eu falaria com ele... Tomei coragem, mas nem bem saiu a primeira sílaba da minha boca, ouvi o garçom saudar uma puta velha que acabara de entrar ali:
— Quanto tempo, Marilyn Monroe...

Ficha,
eu não sou gay

Ficha. O raio do bolinho de carne de ontem desandou meu estômago e nem reclamar posso, pois não falo com ninguém, senão com você. Alias, escrevo em você. O cara do papo de Marilyn Monroe, desde o dia em que descobri que ela não passava de uma puta velha que fazia trottoir na galeria entre o bar e o sebo, continua me enchendo o saco, mas eu sigo firme na ideia de jamais lhe dar ouvidos ou atenção. Fico ali, olhos fixos nos livros, beberico minha cerveja, fumo meus cigarros e ele falando sem parar. Ontem, pela primeira vez, ele quis filar a minha cerveja, mas eu, de pronto, puxei a garrafa e continuei no meu inabalável alheamento. Confesso que nada do que ele fala o meu cérebro registra, mas ontem, até por conta do desfecho do affaire Monroe, eu, sem que ele percebesse, dei ouvidos a algumas frases, sobretudo as relacionadas com o lenga-lenga Marilyn Monroe. Ele insiste na história, insinuando porém que eu, por um tempo, fui um traveco com aquele pseudônimo e que aquela puta, quando nova, me tomou o apelido e me pôs pra correr do bas fond. É óbvio que ele, baixando o nível assim, quer que eu, no mínimo, tenha uma reação normal em situações dessas, pondo-me a falar e explicar. Mas prefiro ser taxado de travesti a ter que falar com quem quer que seja. Aliás, nada tenho contra essas criaturas de Deus, uma das poucas pelas quais tenho o maior respeito. Mas não sei como consegui manter-me naquela fleuma, tendo tantos e bons argumentos para estraçalhar a absurda ilação brotada na cabeça podre daquele sujeito. Saí do bar e fui para o meu cubículo na pensão, mas demorei a dormir, imaginando o que o levou a pensar algo assim. Olhei-me naquele caco de espelho, retoquei com o pincel da memória as minhas rugas, as minhas falhas capilares e a cor dos meus cabelos, repus o bigodinho que eu tinha quando jovem, mas não consegui me imaginar um travesti. Olhei para as minhas pernas, tão cambitos como eram trinta anos atrás. Apalpei o meu traseiro, murcho como sempre foi e, finalmente, consegui dormir convicto de que ninguém em sã consciência pode enxergar neste meu esqueleto avariado a possibilidade de um dia ter sido montado aqui um travesti. Acho que não dormi um quarto de hora e acordei com aquelas inquietações fervilhando em minha cabeça. Creio que não tenho trejeitos de gay. Como você, Ficha, não tem olhos pra me ver, nem boca pra me falar, privo-me da única opinião que eu poderia ter a respeito disto. Mas vou me policiar no andar e no gesticular, pois temo que eles sejam os culpados da ilação que o sujeitinho fez. Às vezes a memória falha, mas eu tenho certeza que jamais fui travesti. Não vejo nada demais se travesti eu tivesse sido. É bem verdade que, quando jovem no interior, eu costumava me fantasiar de mulher, junto a dezenas de outros amigos assim fantasiados. Acho pouco provável que alguma daquelas fotos tenha parado na mão do sujeito. Outro detalhe que me emputeceu foi a história de que a puta tomou o meu nome de guerra e me pôs pra correr da galeria. Primeiro, não me consta que exista cartório de registro de nomes de guerra; segundo, se travesti eu tivesse sido, atrizes, outras que não Marilyn, eu teria de sobra para me nominar; terceiro, bravo que sempre fui e, ainda por cima, versado em artes marciais, jamais aquela puta, pelo seu porte um verdadeiro cambito à época, conseguiria me botar pra correr. Quarto, com certeza eu, que sempre fui – hoje não mais – chefe nos lugares onde andei, seria o dono do pedaço e ela, sim, é que seria botada pra fora, se não rezasse na minha cartilha. Como você pode concluir, amiga Ficha, argumentos eu tenho de montão para desmascarar aquele sujeito, mandando pro lixo a sua absurda ilação. Mas confesso-lhe, amiga, estou arrasado com o rumo que a história tomou. Mesmo assim, logo mais à noite, estarei no bar e ele, certamente, estará ali também, zumbindo nos meus moucos ouvidos. Bye, bye amiga Ficha. Reze por mim.

Ficha da minha vida,

Ontem saí daqui e advinha pra onde fui... Pro bar, santa. Não sei como você adivinhou, mas não me chama de santa,

Ficha, pois você sabe o quanto eu sofri com o raio do complexo que o sujeitinho quase fez brotar em mim. E por falar nele, o danado apareceu ontem e, como sempre, sentou-se ao meu lado. Eu, embora nunca falando com os frequentadores do bar, sempre mantive um semblante tranquilo e sereno. Mas ontem uma carranca tomou conta de meu rosto e por todo aquele tempo me mantive com a cara de mau e puto. Acho que foi por isso que o sujeito, de repente, começou a falar assim: — eu era um travesti aqui no pedaço, quando aquela lambisgoia aqui chegou, tomou meu ponto e meu nome... Quando ele já partia pra dizer que um pastor evangélico o curara da boiolice, pela primeira vez dei uma sonora gargalhada dentro do bar. Fui aplaudido de pé e até o dono do sebo, atravessando de um salto o corredor da galeria, quis me dar um abraço. Sem falar uma palavra sequer, dei um sinal de mão pro garçom, ele entendeu, e desceu vinte e três garrafas de cerveja do meu estoque, em comemoração ao fato de que nunca fui travesti. Quase que dei um beijo no sujeitinho, mas, num átimo, dali saí...

Memórias de um sobrevivente de uma enchente que nunca aconteceu

Sobrevivente de uma enchente que nunca vem e provavelmente jamais virá, dragado e aprofundado que foi o leito do ribeirão em frente, minha sina é preencher fichas e mais fichas sem serventia alguma, senão futura incineração, por decisão do governo ou por consumição ditada por eventual incêndio desta tapera de galpão. A depender do horário, o fogo pode ser um dos meus destinos, pessoal e funcional. Senão para a dona da pensão, para o garçom do bar e para o dono do sebo, esse acontecimento passará inteiramente despercebido, até mesmo pelo Erário que, com certeza, continuará depositando no banco meus vencimentos, pois não tenho ninguém que possa cuidar da minha certidão de óbito, requerer eventual pensão e muito menos comunicar o evento à Pagadoria Central. Como ela só age se provocada por requerimentos, o banco receberá infinitamente os meus vencimentos. Se o meu falecimento se der no dia seguinte ao do pagamento, com certeza o garçom embolsará, indevidamente, o equivalente a noventa cervejas e trinta bolinhos de carne, o dono do sebo o equivalente ao aluguel de noventa livros e a dona da pensão o equivalente a trinta diárias, sem contar o dono do banco, hipóteses, estas, que têm me levado a uma profunda reflexão sobre a calhordice dos seres humanos em geral.

Sou tido, até por mim mesmo, como um sujeito que não vale nada, na medida em que me recuso a cumprir o dever atávico de interação com as pessoas. De fato, não falo com ninguém e ninguém fala comigo há anos. Se eventualmente se dirigem a mim nem percebo, desativado que se acha o artifício que deveria me ligar a elas. Se é assim, o meu inevitável falecimento jamais poderia gerar qualquer tipo de consequência, muito menos efeitos financeiros para quem quer que seja. Fosse eu dado a expedir memorandos ou a protocolizar requerimentos, tal preocupação bem que poderia ser objeto de análise por parte da Consultoria Jurídica, se bem que não estou seguro de que ela ainda exista, alterada que é, a cada instante, a estrutura orgânica da repartição. Além do mais, a Consultoria é famosa por jamais emitir pareceres conclusivos, se limitando a apresentar adminículos e pirandellices (É! Se assim lhe parece). Certo é que, senão eu, não há no mundo quem possa me auxiliar na busca de conselhos ou dicas que possam acabar com esta minha constante preocupação de não permitir que alguém se enriqueça com a minha morte. Não tenho vocação incendiária, senão o fato de que, diariamente, faço uma fogueirinha de processos, onde esquento a minha marmita, bem como fumo feito um condenado enfurnado neste verdadeiro barril de pólvora, sem cinzeiro e extintor de incêndio. Mas me impressiona o fato de que, das dezenas de milhares de guimbas que jogo no chão, nenhuma jamais precipitou um início de incêndio sequer, o que contraria a lógica das matas e florestas que frequentemente ardem em chamas, a partir de um único toco de cigarro. Se eu tivesse tal vocação, bastaria ajustar a data do nosso fim comoriente (o meu e o do arquivo) para o dia imediatamente anterior ao do pagamento. Exceto o dono do banco, garçom, sebista e dona de pensão ninguém mais teria como se enriquecer à custa de minha morte

.

Leio livros de direito administrativo, a própria consolidação dos atos normativos em matéria de pessoal, bem assim os milhares de ordens de serviço, vejo solução para as mais ordinárias dúvidas, mas não encontro uma sequer que tenha o mais leve traço de correlação com a dúvida que me persegue. Se ainda existisse a Provedoria de Defuntos e Ausentes, extinta ainda no Império, bastaria que eu a ela recorresse. Mas vivo, certamente me faltaria a condição necessária para provocá-la, o que gera mais uma inquietação: vivo, eu não poderia acioná-la por me carecer a condição de morto. Morto, eu não teria também tal condição, em razão da absoluta impossibilidade de um defunto preencher formulários, assiná-los e levá-los à Provedoria. Podem me acusar de tudo: desligado, avoado, pateta, estranho, esquisito, relapso e até de reincidente contumaz, mas na verdade nunca cheguei atrasado à repartição, nunca faltei, tirei férias, licença-prêmio, licença médica e, sobretudo, nunca carreguei um clipe sequer desta tapera de galpão. Nunca tendo me relacionado com ninguém, jamais participei de rádio-corredor, de disse me disse e de lamúrias por aumento e promoção. Mas eu gosto das coisas certas e é por isso que me debruço com afinco nestas profundas e necessárias considerações, pois colide frontalmente com os mais elementares princípios de direito o ato de se enriquecer indevidamente à custa alheia.

Por óbvio, se eu parasse de pagar adiantadamente tais gastos, a questão, em parte, estaria resolvida. Mas uma complicação maior adviria disso, que seria a de eu ter que falar com o garçom, com o dono do sebo e com a dona da pensão, coisa que sequer me passa pela cabeça. Se eu os pagar no fim de cada mês, a relação lucro-e-perda até que se inverteria, mas isso também passaria pela necessidade de falar com eles sobre a mudança em nossos contratos verbais. A mim não me resta alternativa senão espremer meus miolos e deles extrair a solução que melhor se adeque à dúvida em questão. Dos três livros que todas as noites leio, jamais quis dar-lhes um sentido utilitarista. Detesto livros de autoajuda até porque detesto ser ajudado, mesmo que o ajudante seja eu próprio. Logo mais, porém, ao vasculhar o sebo, vou tentar achar algum dos milhares de livros de direito que vejo descartados ali e que jamais folheei. Caso eu consiga decifrar a linguagem hermética e empolada, chamada juridiquês, na qual eles são escritos, quem sabe em algum deles eu conseguirei achar a cura dessa inquietação que tanto me apavora, eu que há dez anos tenho me ocupado tão-somente das fichas, da marmita, das cervejas, dos cigarros e dos livros. Para um cérebro que não registrou, por todo esse tempo, nada além do que esses quatro vícios acarretam, é duro ter que conviver com quão grave preocupação.

Se eu soubesse do dia exato do ansiado incêndio, anteciparia a minha chegada ao sebo, dali retiraria tantos livros, quantos o meu saldo comportasse, os levaria para a mesa do bar, onde tomaria, na mesma proporção, todas as cervejas restantes. Em seguida, de porre, iria para a pensão e ali dormiria o equivalente ao meu saldo em diárias. Quem sabe até me salvaria do incêndio, não me lembrando, por conta da ressaca, de me levantar no dia seguinte. Mas isso é coisa que não quero admitir, pois contraria o vaticínio que rege o meu viver. Além do mais, custo chegar até o fim carregando o fardo de ter que viver. Há anos ninguém vem a este galpão. Às vezes até penso que as chefias se esqueceram dele e de mim, o que para mim é uma dádiva de Deus. A cada fim de ano fico incomodado com a repentina chegada dos encarregados pela conferência do material permanente, mas já perdi a conta da última vez que os vi – mais de dez anos, no mínimo. É bem verdade que aqui só tem esta mesa velha, esta cadeira furada, este caco de máquina de escrever e as centenas de prateleiras carcomidas pelos cupins, certamente há muito tempo riscados do Inventário Patrimonial. Mas se um deles viesse, meu dever funcional me obrigaria a sair do meu crônico mutismo e aí eu aproveitaria para lhe perguntar qual a melhor forma de eu impedir que aqueles quatro safados venham se enriquecer à custa do meu dinheiro. Só assim eu conseguirei morrer e me descansar em paz.

Ontem, de repente, lembrei-me de um processo que vi numa destas quase cinquenta mil pastas funcionais. Antes de arquivá-lo, anos atrás, passei os olhos superficialmente sobre ele e, se não me engano, o assunto que consumiu mais de oitocentas páginas datilografadas e crivadas de carimbos, poderia dar-me alguma pista sobre a proteção que devo dar ao meu dinheiro, após a minha morte. Recordo-me de que a folha inicial falava de uma auditoria que havia constatado que determinada servidora, falecida, havia recebido a irrisória quantia de dezenove centavos a mais, ao longo de sua extensa vida funcional. Por conseguinte era dever inarredável proceder-se à necessária tomada de contas, obrigando os seus pensionistas à imprescindível restituição da quantia aos cofres públicos. Vinte e tantos advogados se habilitaram no processo, em socorro aos dependentes obrigatórios e designados que a falecida deixou. Um dos advogados teve a petulância de querer juntar ao processo um envelope contendo ressequidas fezes, sob o argumento de que aquela fração de centavo tocada ao seu cliente havia virado alimento e em fezes se transformara. Fiquei deveras impressionado com a intrincada, mas, ao mesmo tempo, lógica tese jurídica por ele tramada. Tentei, todavia, lembrar-me da matrícula da ex-servidora, para que eu pudesse localizar o processo, mas o número se perdeu neste meu enferrujado cérebro. De qualquer forma, se eu constituísse antecipadamente um defensor para cobrar a restituição daqueles salafrários – o que não vou fazer – essa é a tese que – temo – os advogados deles vão querer assacar, se eximindo do dever de restituir o indébito. Como a restituição deveria ser dada a mim, ainda que morto, já que eu não quis habilitar sucessores ou dependentes, temo até que eles queiram defecar sobre minha cova, a título de restituição. Tranquiliza-me, porém, a certeza de que não serei enterrado, mas sim cremado no exato instante do meu óbito, pelo fogo dessa montanha de pastas e processos.

Ali em frente, amiga Ficha, à nossa esquerda, há um calendário colado na lateral da vigésima oitava prateleira. Foi o último que este depósito recebeu, há onze anos. Meus dias são regulados por ele. De início, quando eu ainda não adotava a técnica dos anos bissextos, eu costumava chegar aqui, abria este enferrujado portão, e só depois me dava conta de que aquele dia era domingo ou feriado. Algumas vezes deixei de comparecer em dia útil, por conta da confusão gerada por um calendário defasado, o que não foi notado por ninguém. Ainda que fosse, alegaria em minha defesa a inexistência de dolo, bem assim o princípio da compensação. Registro isso pra dizer que provavelmente o tal calendário pode dar-me uma pista sobre o procurado processo, pois me lembro de que o seu arquivamento se deu justamente num daqueles dias em que me confundi e trabalhei quando deveria observar o descanso semanal obrigatório. [pausa] Eu estava absolutamente certo, cara amiga Ficha. Bastaram sete datas assinaladas no calendário e cá estou com a desejada pasta funcional. Abro-a, mas que decepção. Traças literalmente estraçalharam o famigerado processo e impossível se torna ler qualquer página, a não ser que eu seja capaz de refazer os trechos perdidos. Como não sou homem de desistir diante de dificuldades, por maiores que elas sejam, começo hoje mesmo a tarefa de recompor estas quatrocentas e treze folhas, uma a uma, de capa a capa, lendo cada linha e, pelo contexto, tentando ressuscitar cada palavra, cada vírgula e cada ponto comidos pelas malsinadas traças. Portanto, até breve amiga Ficha.

Ficha, fichinha querida,

Você está de pé... Pois senta, santa! Por quarenta e três dias, de sol a sol, eu me debrucei no raio do processo. Cada buraco de cada folha foi devidamente tapado, sem que prejudicasse a frente ou o verso. Após o meticuloso processo de cortar folhas em branco, na exata medida de cada furo, colá-las uma a uma, me pus a reconstituir os trechos comidos pelas traças. Escrevente que sou, fui treinado para jamais raciocinar sobre as minhas atribuições, de modo que só me dei conta de que aquele trabalhão não valera de nada após reconstituir a última folha. Processo reconstituído, só então fui lê-lo atentamente. A não ser uma espiadela involuntária aqui ou ali, jamais me introjetei de coisas lidas nos milhões de processos que passaram por mim em minha vida funcional. Li todo aquele cartapácio e, pasme, amiga Ficha, o danado é um pavoroso inquérito administrativo disciplinar em que a servidora foi acusada de ninfomania. Já beirando os sessenta, ela foi pilhada fazendo sexo com um menor aprendiz, encaminhado pelo serviço de assistência. Já na fase preliminar das investigações, constatou-se que quase todos os menores lotados no prédio central – cerca de duzentos – foram desmamados pela vetusta senhora.

Pela sua ficha funcional ela foi admitida, como extranumerária, aos dezesseis anos, através de Provimento por Bilhete. O retrato, tirado à época do ingresso, embora em branco e preto, é de uma jovem muito bonita, loiríssima, lábios carnudos e com uma pintinha na bochecha esquerda. Lotada no gabinete do superintendente, ela, de imediato, ganhou a função máxima de assessora. Com o passar dos anos, ela foi regredindo nas funções comissionadas e a última que ocupou foi um reles provimento inicial, destes ocupados por auxiliares de encarregados de portaria. Jamais faço juízo de qualquer coisa, mas a sensação que se tem é a de que a sua trajetória em cargos comissionados foi proporcional à sua idade e beleza. Certo é que, depois de dispensada do tal comissionamento, ela foi jogada num monte de seções e, por último, secretariava o encarregado da máquina xérox, um sujeito assumidamente gay e excelente funcionário. Foi aí que ela, não tendo conseguido seduzir o chefe, passou a se deleitar e deitar com as dezenas de office-boys que ali iam extrair cópias xerográficas. O pior é que os danadinhos, que tanto se beneficiaram dos favores sexuais da coitada da servidora, ainda por cima de graça, todos, sem exceção, não só confessaram o delito, como deram detalhes das centenas de conjunções carnais.

De fato, a mulher era insaciável. Uma cama improvisada com caixas de papelão desfeitas foi fotografada num depósito, contíguo à Seção de Reprografia. A Comissão Processante se deu ao trabalho de apresentar um número exato de relações sexuais que ela teve naquele gineceu funcional. Pasme, amiga Ficha! Quatro mil, trezentas e vinte e três. Uma tabela está aqui no processo, com o nome de cada menor e a quantidade de relações tidas por cada um deles. Nem a defesa da coitada conseguiu se contrapor à verdade de que trepada ninguém jamais a esquece, sobretudo quando se é adolescente.

Mas a parte mais cabeluda do processo é o depoimento da indigitada servidora. Pela assentada, ele durou cerca de dezessete horas. A primeira conjunção carnal que ela teve na vida se deu justamente no dia da posse, quarenta e quatro anos antes, tendo no polo oposto o próprio superintendente, falecido quatro anos depois. Pelo que declarou, diariamente satisfazia os baixos instintos do chefe, o que levou a comissão a concluir que, somente com o grande chefe, ela teve exatas mil, duzentas e cinquenta e cinco relações sexuais. Nunca vi trabalho de investigação tão meticuloso, elogiado, inclusive, pelo parecerista, sobretudo ao concluir que na sua extensa vida funcional ela chegou próximo a trinta mil relações sexuais em local de trabalho. Os menores, por conta desta condição, foram exculpados. Mas a lista de servidores envolvidos, sobretudo suas patentes, chega a mais de trezentos, a maioria morta ou aposentada, o que dá no mesmo.

Concluída a apuração, foi o processo submetido ao julgamento do superintendente, conforme despacho na penúltima página dos autos. Inexplicavelmente, o gabinete laborou em engano ao mandar o processo para este arquivo, com um equivocado despacho: "Encaminhe-se, de ordem do adjunto do assistente do Chefe de Gabinete, ao Arquivo de Pessoal o presente processo de restituição de dezenove centavos, a que se sujeitam os dependentes da servidora L...."

Exercícios para bem utilizar o tempo

Despossuído de relógio, Ficha, regulo a minha rotina, quando aqui estou, pelo sino da estação em frente e, na pensão, pelo vaivém dos trens que, não sei por que cargas d'água dão de apitar, todos, justo em frente. Às dez e quinze em ponto já estou na cama. Levanto pontualmente às cinco e quinze da manhã, mas meu sono não é contínuo, justo por conta das benditas composições. Nas noites insones, costumo me entreter com o exercício de, apenas pela intensidade do som, calcular quantos vagões tem cada uma delas. No início eu errava mais do que acertava, pois não me vinha à mente a necessidade de diferir vagões cheios dos vagões vazios. Quando me acerquei da necessidade dessa ponderação, passei a observar que os que seguem para o leste estão sempre carregados, sobretudo de minério de ferro, e o que rumam para o oeste ou estão vazios ou carregados de mercadorias mais leves. Hoje o meu índice de acerto é de quase cem por cento. Há mais de dez anos nada reflito sobre minha vida, tampouco a minha vida funcional, mas na madrugada de hoje me veio uma estapafúrdia ideia de, na eventualidade de eu ter que sair deste arquivo, ou na hipótese de ele se incendiar e eu me salvar, eu buscar uma relotação. E aí, por conta dessa habilidade por mim adquirida, me veio à mente uma redistribuição minha para a companhia de trens, onde eu poderia me incumbir da contagem dos vagões e, quem sabe, me aperfeiçoar a ponto de acertar quantas toneladas cada um carrega. No passado fui razoável músico de ouvido e quando, voluntariamente, me tornei surdo-mudo, o não-uso acabou por preservar as minhas faculdades auditivas, o que em muito contribuiu para a aquisição dessa minha habilidade. Mas nem espicharei o assunto, porque jamais irei protocolizar requerimento algum, muito menos criar problemas que não tenho, sobretudo o ciúme de que eu seria alvo, ou coisa pior, como as centenas de ferroviários que seriam postos em disponibilidade por conta da minha chegada, prontos para me botar pra correr. Nos intervalos em que os trens não passam, fico antenado na avenida em frente, onde carros e ônibus descem incessantemente. Pena que, ao contrário dos trens, minha janelinha não a divise, o que me impede, por exemplo, de conferir o número de passageiros que o meu ouvido é capaz de avaliar. Às vezes, no entanto, essa ingente tarefa a que me ponho com tanto afinco é perturbada por pensamentos que insistem em tomar conta de mim. Aliás, em verdade, amiga Ficha, eu não pretendia te encher (saco você não tem), na exata acepção do termo, com tantas abobrinhas, já que, na madrugada de hoje, um pressentimento conseguiu despertar a minha atenção e me infundiu a certeza de que eu estou sendo utilizado indebitamente como personagem. Sim. Personagem de algum livro, novela, peça de teatro ou algo semelhante. Só na madrugada de hoje a minha ficha caiu e o suspeito principal é o indigitado cidadão que me enche a paciência com aquela história de Marilyn Monroe. Ninguém me disse isso, até porque eu não ouço ninguém. Nem ele, que costumo ouvir quando me é conveniente, disse uma palavra sequer a respeito. Mas a única explicação lógica e inelutável para a sua teimosia em estar ao meu lado toda noite, com aquela desculpa esfarrapada de Marilyn Monroe, é ficar me examinando, observando, analisando e, com isso, criando um personagem. Não quero sobreviver depois de minha morte, nem como personagem. Creio que não tenho filhos, muito embora jamais usasse preservativos. Nem sei se fértil sou. Se não os tive, por que então vou querer sobreviver como personagem? Além do mais, não posso permitir que aquele sujeito venha faturar milhões nas minhas costas, sem sequer pagar direitos autorais a mim. É bem verdade que os autores de mim são meus pais, que jamais os conheci, o que inviabiliza por completo a percepção dos direitos de imagem. Mas, como eu vinha dizendo, não é somente a questão pecuniária que me preocupa. O que não quero mesmo é continuar, depois de morto, sobrevivendo na pele de atores que nem mesmo poderei escolher. Ademais, fazer papel de Corcunda de Notre Dame é infinitamente mais fácil do que representar um sujeito como eu. Não digo quanto à aparência, se bem que a quantidade de atores feios é infinitamente menor, mas pela bizarrice do meu comportamento, as escolas de teatro terão que readequar os seus currículos. Bem. Mas se aquele sujeitinho pensa que pode me usar como personagem, ele está redondamente enganado, pois hoje mesmo vou começar a modificar o jeito de folhear o livro, o jeito de entrar no bar, o jeito de me sentar, o jeito de acender, tragar e apagar o cigarro, o jeito de servir e sorver a cerveja e o jeito de me levantar e sair dali. Numa análise combinatória elementar, pus-me a racionar, na madrugada passada, em torno de seis bilhões e seiscentas e seis variedades comportamentais numa mesa de bar. É claro que eu me abdico de grande parte delas, pois não cuspo no chão, não dou risadas, não mijo nem cago naquele fedorento banheiro, não dou tapinha nas costas dos fregueses, não passo a mão na bunda das putas e travestis, não levo nem dou cantadas, não canto nem toco violão, não batuco na mesa, não pergunto pelas horas, não preciso pedir a cerveja e o bolinho de carne, pois só os pago uma vez por mês, quando, silente, entrego o cheque ao garçom, não gesticulo, não cruzo os braços ou as pernas, não viro para lado algum, não fico balançando a minha cabeça, não coço o meu olho, minha boca ou meu saco, não passo a mão nos meus ralos cabelos, não palito dentes, não uso talheres até porque o boteco não os tem, não peço papel e caneta emprestados, não uso o telefone público em frente, não folheio revistinhas de sacanagem, não dou esmolas aos mendigos, não filo nem dou cigarros a ninguém, não dou bicada em copo alheio, não sujo a mesa, não falo e portanto não falo palavrão, não entro em conversa alheia, não dou palpite em nada, não torço pra time de futebol, não confiro loteria pois não jogo, não fico ajeitando a meia, não estalo dedo de mão, não assovio até porque não sei, não tenho cachorro, filho, mulher ou namorada, não dou beijos nem sou beijado, não abraço nem sou abraçado, não cumprimento nem sou cumprimentado, não uso cortador de unha, não lambo tampa de iogurte, não masco chiclete, não jogo sinuca nem totó, não ouço música, não compro ficha para a radiola... Resumidas as minhas ações no bar a não mais do que nove, como já demonstrei aqui, ainda assim as suas combinações podem chegar a milhões, desde que eu as alterne e module suas claves, timbres, compassos, ritmo, intensidade e duração, tal qual os compositores clássicos em suas variações sobre um tema banal. É o que pretendo, doravante, fazer. Quero ver se, agindo assim, o abelhudo do bar irá conseguir esculpir algum personagem tendo-me por molde. Um molde que se modifica a cada momento.

Exercícios para mal utilizar o tempo

Nestes dez anos, cerca de sete mil e quinhentos livros li na mesa do bar, exatos três que, diariamente, retiro do sebo em frente. Os que não são íntimos de sebo, certamente imaginam que as obras ali descartadas, onerosa ou graciosamente, se inserem na categoria da chamada cultura inútil, um conceito inteiramente relativo, posto que o que é inútil para um não necessariamente o é para outro. Para mim, por exemplo, tudo o que foi escrito nos infinitos ramos do direito é inútil. Para quem, como eu, não vê nenhuma graça em viver, também é inútil tudo o que foi escrito sobre medicina, psicologia e matérias afins. Sobre engenharia, idem, a não ser obras sobre cálculo estrutural que passei a ler, imprescindíveis aos meus prognósticos sobre o dia exato em que este velho galpão irá ruir, soterrando todos nós. Economia, Administração e Agronomia são também ramos do "conhecimento" que passam anos-luz da órbita dos meus interesses de leitura. Entre um catálogo telefônico e um livro de autoajuda, acho que o primeiro é infinitamente mais edificante do que as dicas comportamentais deste, sobretudo se se levar em consideração que os autores desses manuais que "ensinam" as pessoas a viver jamais observam as regras por eles cagadas. Pelo menos no sebo que frequento, a maioria esmagadora das obras que ali transitam não se insere nessas categorias tidas por mim como inúteis, o que me leva à conclusão que obras filosóficas e poéticas são as menos queridas pelos adquirentes de livros em geral. Ontem mesmo eu li o Dictionnaire des Mille Oeuvres Clés de la Philosophie, que, pelo estado em que se encontra, foi com certeza arrecadado em um lixão. Sem capa e com as páginas iniciais arrancadas, não me foi possível saber a identidade do autor, se bem que jamais tento gravar o nome dos autores dos livros que leio. O conteúdo sim. O seu adquirente, ao que parece, o jogou no lixo no mesmo dia em que o adquiriu. Imagino até que só o comprou para impressionar alguém – um chefe, a namorada, um amigo ou um professor. Das mil obras filosóficas listadas nele, pelo menos noventa por cento as li, desde a carta sobre os cegos para uso dos que veem, passando por über gegenstandstheorie, summa totius logicae, de re publica, o que falar quer dizer, traité du désespoir et de la beatitude, necessidade ou contingência, traité de l'homme, organon, allgemeine erkenntnislehre, tratado do céu, diálogo sobre os dois grandes sistemas do mundo, brevilóquio sobre o principado tirânico, la barbárie à visage humain, tratado do encadeamento das ideias fundamentais nas ciências e na história, court traité de l'existence et de l'existant, arte de persuadir, traité de métaphysique, como vencer um debate sem ter nenhuma razão, also sprach zarathustra, philosophie de la misère, a traição dos intelectuais, hipotiposes pirronicas, tractatus logico-philosophicus, totem und tabu, a transcendência do ego, analectos, anti-dühring, la logique ou l'art de penser, intersubjectivité, l'imagination, philosophie mathématique, eutifron, considerações sobre as causas da grandeza dos romanos e de sua decadência, unzeitgemässe betrachtungen, tratado sobre a tolerância, três ensaios sobre a teoria da sexualidade, de corpore, die logischen grundlagen der exakten wissenschaften, il principe, trauma do nascimento, tratactus theologico-politicus, first principles, regulae ad directionem ingenii, rapports du physique et du moral de l'homme, tristes trópicos e chegando à tentação de existir. Por sabê-las de cor, eu poderia escrever aqui todas as novecentas obras lidas por mim e checadas no tal dicionário, mas não vou ocupá-la, amiga Ficha, com algo tão desimportante. Além do mais, não tendo caracteres gregos nesta velha máquina em que escrevo, não tenho como citar os livros no original. O conteúdo da maioria esmagadora destas obras eu sei de cor. Entre a hora em que me levanto, cinco e quinze da manhã e a que venho bater os costados neste velho galpão, pontualmente às oito, me ponho a recordar de tudo que li na noite anterior. Como esse tempo ocioso corresponde exatamente ao tempo em que leio no bar, a sincronia entre o que li na noite anterior se encaixa perfeitamente no ato de recordar. A caminhada da pensão até aqui é feita de forma peripatética, a exemplo daqueles gregos que caminhavam e filosofavam. Por algum tempo, debaixo daquele viaduto, vivia um mendigo dentro de uma tina e eu cismei que ele era aquele grego abusado, dado ao onanismo e à flatulência voluntária e que mandou um imperador sair de sua frente, pois ele estava atrapalhando o doido de ver o sol. Certo dia eu, ao passar perto dele, comecei a declamar trechos que decorei do amalucado grego. O mendigo do viaduto tomou um susto e gritou que quem havia dito aquilo era ele. Ele se embaraçou tentando sair da tina e eu me mandei. Foi um verdadeiro fuzuê, pois ele correu atrás de mim nuzinho da silva. No dia seguinte, eu até pensei em conversar com ele, pois em sendo ele um ninguém eu não quebraria meu pacto comigo mesmo de jamais falar com alguém. Tendo relido, na noite anterior, fragmentos do pensamento do cínico grego, escritos séculos depois por outro grego que os teria recolhido na tradição oral, eu iria checar com o doido a autenticidade de tal obra atribuída a ele. Cheguei ao viaduto, tentei localizá-lo entre aquelas dezenas de trastes humanos, margeei um bom pedaço da linha férrea, bati em uma tina que estava jogada ali, mas não encontrei o tal mendigo. Acho que ele se mandou dali, temendo que pudesse ser aquele imperador tentando chupar os seus conhecimentos. Relembro-me de que, no dia em que corri do mendigo nu, um sujeito achou que eu havia mantido relações sexuais com ele, debaixo daquele viaduto, não paguei a trepada e por isso me mandei. Quase que o abusado me pegou e me entregou ao mendigo. Por conta da vergonha que fiquei, tive que alterar o meu trajeto, margeando o lado de lá da linha férrea, passando por baixo daquele fétido tunelzinho de pedestres e pederastas, cruzando o hall da estação, atravessando a praça e ganhando o passeio aqui em frente. Como sempre contei quantos passos dou por dia, exatas setecentas e setenta e duas passadas foram acrescentadas, sobrecarregando ainda mais o meu debilitado esqueleto e me onerando com uma ração suplementar de rapadura. Além do mais, privado dos beirais de telhado e platibandas existentes no antigo trajeto, quase que torrei as minhas economias na aquisição de um guarda-chuva. Sorte que ali na Esquina dos Aflitos fiz um rolo com um sujeito e comprei um usado. O cara era surdo-mudo verdadeiro e a nossa policitação, avença e consumação da compra e venda não foram pontuadas por falas ou discussões. Ademais, como não havia nenhum sintoma de que choveria por aqueles dias, o preço do velho guarda--chuva se ajustou ao meu orçamento. É óbvio que eu não tinha todo esse tino comercial, servidor público que sempre fui e por enquanto sou. Mas sabedor da necessidade premente de adquirir o guarda-chuva antes que as chuvas chegassem, pela primeira vez li, de pé no próprio sebo, um tratado de direito comercial, do qual extraí as técnicas imprescindíveis ao negócio que fechei. Fechado aquele negócio e não tendo necessidade de comprar mais nada na vida, pois o que tenho é mais do que suficiente, apaguei de meus neurônios aquela besteirada toda. Em um decênio essa foi a primeira compra de um bem de valor que fiz na vida. Mas, amiga Ficha, trair e coçar é só começar. Não é que no dia em que fui àquela feira do rolo quase que comprei um relógio de pulso. Não o fiz por medo de ele ter sido furtado, como aliás tudo ali o é, inclusive guarda-chuvas. Mas guarda-chuvas são todos iguais e relógios, principalmente o que o sujeitinho balançou em minha frente não, o que facilita a sua recuperação pelo verdadeiro dono. Pra dizer a verdade, o preço foi caindo a cada segundo, mas eu, em tempo hábil, me dei conta de que, magro como sou e avariado da coluna vertebral, o peso daquele relojão, posto em meu braço esquerdo, iria tirar-me do prumo, comprometendo ainda mais os meus instrumentos de andar, sentar, ler livros, tomar cerveja, fumar, comer bolinho de carne, levantar, arquivar e preencher você, Ficha, batendo nesta máquina de escrever. Mas, voltando à questão dos livros que leio, gostaria de confidenciar contigo, Ficha, uma conclusão que tirei e que ninguém, senão você, jamais saberá. Todos os autores que li, sem exceção, são pithecantropus erectus e, por conseguinte, imaginam que Deus só se preocupa com eles. Eles se sentem os queridinhos do Criador. Um matar o outro – o que fazem sem qualquer motivo – é tido por crime. Mas o mesmo não ocorre quando a vítima é galinha, porco, ácaro, boi, piolho, pulga, carrapato e só agora, da boca pra fora, estão com essa história de proteger ararinha azul, mico-leão-dourado, baleia e o escambau. Não há nenhum deles capaz de raciocinar Deus pela ótica dos demais animais, exceto o homem. Provado está que a quantidade de gente no mundo acarreta a diminuição do número de exemplares de todas as outras espécies. Já que ninguém quer, como eu, parar de copular, sobretudo com pessoas do sexo oposto; já que poucos são os que se valem de métodos contraceptivos; já que quase todos querem se perpetuar, tomando remédios, fazendo dietas bem balanceadas, celebrando a paz e repudiando as guerras, enforcando generais e glorificando pacifistas, destruindo armas, inventando vacinas, deixando de beber e fumar, evitando gorduras trans, eletrificando suas cercas, escovando dentes, e um montão de outras babaquices, a explosão demográfica de humanos tende a se agravar. Pelo que me lembro, apenas um francês teve a coragem de assumir isso, mas todos quebraram o pau no ouvido e fingem que lhe dão bola. Se a algum destes milhões de ácaros, baratas, cupins, traças, aranhas e ratos que coabitam conosco aqui no galpão fosse dada a oportunidade de escrever, com certeza heróis seriam os autores de carnificinas humanas e os criadores de vírus e bactérias, não os pacifistas, os higienistas e tantos outros que não levam em conta os demais animais como passageiros desta nave chamada Terra. Mas Deus existe e, na sua lógica de atender a maioria – somos uma entre os zilhões de outras espécies – com certeza já está executando o que o seu dever de colocar ordem no mundo determina. Acho até que se a enchente não chegar, o fogo não alastrar ou este teto não ruir, a Fúria Divina será o fim deste arquivo e de nós, seus habitantes.

eu & eu

Ficha, você que é feliz. Livro, leitura e leitora ao mesmo tempo, conteúdo e continente, não lhe é dada a faculdade de fazer perguntas a mim, ou a quem quer que seja. Eu, a quem foi dada tal faculdade, não a uso por vontade própria (se bem que a vontade foi obrigada por circunstâncias que não vêm ao caso), sei a tranquilidade que isso nos traz, aliviando sinapses, cordas vocálicas e martelos auriculares. Ontem achei no sebo e levei para a mesa do bar um rico volume intitulado Anatomía Humana para Artistas, em capa dura vermelha, encuadernado em tela, sobrecubierta, 26,8 x 31,2 cm; 2.995 pts, escrito em espanhol e impresso em firma húngara, contendo desenhos de todas as nossas bielas, tíbias, virabrequins, úmeros, burrinhos de freio, costelas, carburadores, clavículas e retentores. Por ele fiquei sabendo que tenho duzentos e trinta e três ossos e que eles se movimentam pela aducción, abducción, flexión, extensión rotación, pronación, supinación, inversión, eversión, circunducción, flexión dorsal e flexión plantar. A cabeça possui quatro destes movimentos, flexión, extensión, rotación hacia la derecha e rotación hasta la izquierda; a extremidade superior do corpo possui treze daqueles movimentos e a inferior vinte e cinco, o que denota que é mais importante o equipamento de correr do que o de pensar ou repousar peruca e piolho. Como sou servidor público, surdo-mudo voluntário, sedentário, econômico em deambulação, ex-sorridente, não usuário de flertes, ereções, amplexos, genuflexões, rapapés, salamaleques, gestos obscenos, continências, tchaus, murros, pescoções, gravatas, rabos de arraia, rasteiras, coices, chutes, beliscões, rabanadas, cotoveladas, apertos de mão, beijos, chupadas, lambidas, flertes e piscadelas, acho que prescindo da maior parte dos meus ossos e músculos. Mas, Ficha da minha vida, olha só a coincidência. Olhos fixos no livro de anatomia, justo na parte que trata dos movimentos dos braços, antebraços, mãos, carpos, metacarpos e seus escafoides, semilunares, piramidais, psiformes, trapezoides e ganchosos, me pus a observar o jeito como pego a garrafa de cerveja, despejo-a no copo, arrebato o copo, flexiono o braço, o elevo rumo à boca, movimento os lábios e sorvo com a língua o líquido, quando se senta à minha mesa o indigitado sujeito da Marilyn Monroe. Eu até havia me esquecido daquela ideia de que ele está tentando me abduzir e me transformar em personagem de alguma obra sua. Ao ver-me vendo como eu me movimento, ele também se pôs a se ver. Acho que pouquíssimas pessoas no mundo se deram ao trabalho de examinar seus movimentos. A prova de que o maior inimigo do ser humano é ele próprio reside na realidade de que detestamos como somos e, portanto, jamais nos detemos na tarefa de nos autoexaminar. Quando nos vemos, por exemplo, refletidos num espelho, uma espécie de retocador mnemônico faz com que o resultado da nossa visão seja bem diferente daquilo que efetivamente somos. Li que as pessoas que já foram filmadas não gostam de assistir a gravações com as suas imagens. Autorretratos são a prova irretorquível disso, na medida em que os narcisos capricham nos retoques e os revoltados pintam de si verdadeiros monstros. O vulto a que se chegou a indústria da beleza é outro argumento que vem ao encontro desta minha tese. Mas voltando ao sujeito que se sentou ao meu lado, como nunca o fitei, eu não tinha a mínima ideia de como ele era. Mas, ao flagrá-lo ontem se olhando, tomei um susto, pois o cara parece, cagado e cuspido, irmão gêmeo meu. Levantei-me num salto e me mandei dali, com aquela visão pavorosa do sujeito e de mim. Insone, passei a noite imaginando mil coisas, sobretudo a hipótese de ele ser outro eu. Já não suporto aturar um que sou eu, imagine, agora, Ficha, eu ter que aturar o meu outro eu. Torço para que não seja verdade e que aquele sujeito seja outro que não eu. Peço a Deus que ele seja uma visão provocada pela elevação do teor alcoólico, vez que ele só se senta a meu lado – me dei conta disso agora – quando me é aberta a terceira cervejada noite. Duas cervejas num organismo de um caco velho como eu, que só se alimenta do bolinho de carne no final, podem estar me tirando a razão, fazendo-me ver coisas inexistentes. Mas admitindo que ele seja meu clone, réplica ou avatar tenho que urdir um plano para matá-lo imediatamente ou, quem sabe, entrar em acordo com ele, no sentido de continuarmos subsistindo juntos e até mesmo dividindo atribuições inerentes ao ato de viver. Um de nós, por exemplo, poderia se incumbir dos atos reflexos voluntários e o outro dos atos reflexos incondicionados. Ele bem que poderia cuidar de coisas chatas como namorar, trepar, ir ao cinema ou teatro, viajar, velejar, esquiar, jogar polo, degustar vinhos, excursionar em cruzeiros ou massagear modelos, por exemplo. Eu poderia continuar na grata tarefa de olhar palavras e as transportar para o armazém cerebral, enquanto ele poderia tomar para si o encargo de interpretá-las e delas tirar conclusões. Como já faço, com entusiasmo e muito bem, o que venho fazendo nestes últimos dez anos, bem que ele poderia processar as quase oito mil obras gravadas, na íntegra, em meu – agora nosso – cérebro. É o que logo mais à noite vou lhe propor.

eu, Todos e Deus

Ficha, Amiga. O cara-com-aquela-história-de-que-não-
-comi-Marilyn-Monroe não foi ao bar ontem e, por incrível que pareça, senti imensa falta dele, numa espécie de
Síndrome de Estocolm... Ih. Que ruído é este lá em frente, Ficha. Parece que o ribeirão se revoltou, mas não ouço
barulho de chuva no telhado, nem goteira alguma jorrou.
Será que estou delirando ou o dique próximo à serra se ar-
rebentou. O tempo das águas ainda não chegou, mas estou
certo de que o que estamos ouvindo é barulho de enchente.
Aguardando um evento assim por todo esse tempo, meu coração deveria estar batendo de alegria, mas confesso, amiga, que não podemos morrer hoje, sem que eu conclua um
inventário, que, junto conosco, irá literalmente para o bre-
jo. Faltando ainda oito estantes literalmente cheias de processos, montam, neste instante, em trezentos e vinte dois

mil, quinhentos e cinquenta e um o número de processos arquivados neste galpão. Acho que ser servidor público é, acima de tudo, ser pidão. Eles pedem aumento, promoção, redistribuição, ascensão, transferência, licença, férias, aposentadoria, mas pouquíssimas dispensas e exonerações, o que denota a força com que mamam nas tetas da nação. Os gatos pingados que praticaram o ato de heroísmo de largar os peitos da res publica costumam apresentar arrazoados de suas condutas exoneratórias. Um, arquivado na prateleira 2.734, é um pedido de pensão para a viúva e seus órfãos, protocolizado no instante imediatamente anterior ao que ele, requerente, se suicidou pessoal e funcionalmente, se espetando na pontiaguda lança do mastro da bandeira nacional, após ter se precipitado da sobreloja, por uma coisica de nada de um chifre que imaginou ter levado de sua excelentíssima patroa, por sinal, conforme o retrato, belíssima. Engraçado que o danado levava chifre da distinta e punha chifre nela, tantos são os pedidos de pensão alimentícia em sua alentada pasta. Outro ou outra também deu cabo à própria vida, ante a negativa de um pedido de exoneração que ele/ela fez, concomitante a outro de admissão, forma que encontrou para se livrar do gênero feminino e ingressar no gênero masculino da repartição, sob a alegação de que ambos se sentiam um homem ocupando indevidamente o corpo de uma mulher. O outro também parou de tirar meleca do nariz, por ter se apaixonado pelo busto da deusa Themis, localizado no hall da Procuradoria. Na sua insanidade final, os colegas o flagraram tentando mamar naqueles gélidos peitos. Um quarto foi sufocado pelo próprio holerite que engoliu ninguém sabe ao certo se pela fome (ato culposo) ou se pela vontade de se matar (ato doloso). A Comissão de Inquérito teve o cuidado de retirar o contracheque, por sinal polpudo, de suas vísceras, a fim de melhor aquilatar o caráter venenoso daquele papel. A conclusão a que chegaram foi a de que a tinta era tóxica e a quantidade de algarismos impressos foi fatal para o coitado do funcionário. O famigerado concurso de remoção foi a causa mortis de uma procuradora dessas chamadas de fraldinhas. Filhinha do papi, desacostumada a ser contrariada, ela simplesmente se enforcou com as suas meias finas. O engraçado, amiga Ficha, é que entre procuradores – justamente os melhores remunerados – que o vício de se matar grassa. Atribuo tal comportamento ao fato de que eles vivem procurando, mas nada acham e, com isso, se desesperam, dando cabo à própria vida. Uma aposentada quase nonagenária cismou que havia engravidado do tirador de xérox e também foi pro beleléu. Para não encompridar ainda mais, amiga Ficha, esses enfadonhos relatos de fatos tão banais, uma, tendo se apaixonado pelo oficial de justiça, não suportou saber que ele era amante de um promotor público de nome Parquet, com o qual ela era casada. Não os tenho — os que interrompem voluntariamente as suas vidas — por ausentes de Deus. Pelo contrário, se agem assim é porque tal comportamento, como todos os outros verificados como próprios dos seres humanos, faz parte do projeto do Altíssimo. Li um autor que, por trinta anos, elaborou uma magnífica obra, mas que morreu antes de concluí-la. Ele afirma que é na solidão, e não no tumulto das multidões, que o homem se sente mais próximo de Deus, e onde nada falta, é quase certo que falte a presença de Deus. As leis, os princípios, as teses, os axiomas, ditados, ditos e anexins, pelo menos em relação a mim, produzem efeitos contrários, pois eu, tendo apenas a solidão por companheira e companhia, por todo esse tempo quase nada pensei a respeito de Deus. Também privado dos confortos e, por conseguinte, rico em tempo, preenchi meu ócio com o nada, o ninguém, o nenhum e todos os parentes e aderentes do Não. Não nego a Sua existência, mas sempre tranquei as portas do meu coração para Ele e Ele, em sua infinita bondade e paciência, podendo, preferiu não arrombá-las como é de se esperar em se tratando do Altíssimo. Todas as pessoas, inclusive as estranhas e esquisitas como eu, saíram de sua Divina Prancheta, não assistindo, pois, ao Criador razão alguma para se revoltar com Suas criaturas. Estar só num deserto é exercício que não demanda maiores esforços, mas sentir-se só com milhões de pessoas ao redor de si, no vaivém das ruas, falando, gritando, murmurando, sussurrando, assobiando, chorando, cantando, xingando, rogando, buzinando, orando, reclamando, censurando, esnobando, praguejando, implorando, deplorando, maldizendo, desancando, condenando, julgando, advertindo, conspirando e mexericando é o que configura um verdadeiro anacoreta. E estar assim, abstendo-se de pôr um fim à própria vida, anacoretas ainda mais nos tornamos. Foi descrendo de Deus que humanos, como São João da Cruz e Santa Teresinha, mais próximos d'Ele estiveram. Não havendo, sob a ótica divina, hierarquia entre todas as criaturas, animadas ou inanimadas como você, Ficha, crer ou descrer é, para Deus, irrelevante. Colocando-me em Seu divino lugar, mais dignos de Mim seriam os incréus, pois increr é muito mais dificultoso do que crer. Li também, Ficha, que o espectro da morte nos faz lembrar de Deus, o que corrobora a minha convicção de que o ruído que ouço, vindo lá do ribeirão em frente, é o da ansiada enchente que vai nos consumir. Mas se ela nunca chegar, se o fogo não se alastrar, o teto não ruir e ninguém me assassinar, Quem dará cabo em mim... Colocando-nos no topo da criação, Deus não nos deu predadores naturais senão nós próprios, numa espécie de autorização para que matemos nossos semelhantes e até a nós mesmos. Sob tal ângulo, estou certo de que estou cobrando d'Ele e de outras pessoas aquilo que tenho toda a condição de fazer, mas, por medo, comiseração, misericórdia de mim ou amor a mim, não tenho coragem de fazer...

Desespero

De todos os animais só homem se desespera. Um jovem que se tornou velho por implicância do velho pai e, por conseguinte, repudiou sua jovem noiva, considerou que é o desespero, não o fato de caminharmos de pé, que nos coloca acima dos outros animais, considerando ser infinita a vantagem em poder se desesperar. Li isso ontem na mesa do bar, amiga Ficha, e me imaginei irmão dos ácaros que aqui coabitam conosco, ou das baratas, ou daquele morcego agarrado ali na tesoura carcomida que sustenta este velho telhado. Eles certamente não, mas eu, com todos os motivos para me desesperar, não me ocorre, nem de longe, que eu seja portador dessa bênção divina. Não consigo desesperar de mim mesmo e, desesperado, me libertar de mim. O maluco, autor do livro que ontem li, disse que todo homem deseja sempre libertar-se do seu eu, do eu que é, para se tornar um eu da sua própria invenção e que ser esse outro eu é que faria a sua delícia. Mas, ao mesmo tempo, o maluco coloca o suplício de não poder se libertar de si mesmo. Liberto de mim, eu poderia ir viver a minha vida, sem esse estropício que me acompanha. Ao me libertar dele, ele de imediato se sucumbiria e eu não seria acusado de suicida, pois, neste caso, não me matei. Quando muito eu seria tachado de homicida, mas num tribunal eu venceria, pois só se é homicida um homem que mata outro homem, o que não é o caso nosso, pois somos dois "eus" fundidos num só. Tirando as três cervejas, os cigarros e os livros, risquei de mim tudo o mais. Mesmo esses três itens que consumo fazem parte de um plano secreto que eu bolei para me matar, ao lado do hábito que tenho de atravessar rua com sinal aberto, cruzar linha férrea sem dar bolas para o pare-olhe--escute, encher esta bilha com a água do ribeirão-esgoto em frente, desconsiderar tantos facínoras que encontro em meu trajeto e comer a lavagem que apodrece nesta marmita. Mas essa profusão de nadas que desfruto, ainda assim, não teve, nem tem o condão de me desesperar. Tenho que me livrar de um companheiro inseparável que nem para desesperar presta. É isso que devo fazer, Ficha. Quem sabe, aproveitar-me de um descuido dele e me mandar. Sair talvez desta rotina, dar umas voltas ali no parque – coisa que há mais de dez anos não faço – deitarmos na grama e quando ele cochilar, pernas pra que te quero... Ao mesmo tempo, Ficha, não tenho coragem de fazer isso, uma inominável covardia da minha parte. Se este eu que ora vos fala, Ficha, é sincero em sua determinação de não se livrar do outro, de forma tão condenável, não estou certo de que o outro eu tenha os mesmos limites éticos do que eu... Somos unos, mas ainda assim tal dúvida me assalta, muito embora o medo de morrer seja algo que perdi por completo há muitos anos. Medo, sim, é este que eu tenho de viver, se vida é o que verdadeiramente vivo. Medo também tenho de morrer, se o carrasco da minha morte for eu próprio. No trajeto pensão – galpão – sebo – bar – pensão, cinco mil e quarenta e duas vezes feito, com milhões de desesperados cruzei nestes dez anos. Desesperados andando pelas calçadas, desesperados em carros, ônibus e trens, desesperados entrando e saindo de lojas, desesperados lotando a catedral, desesperados de terno e gravata, desesperados vestindo camisa de futebol, desesperados rodando bolsinhas, desesperados indo ao cinema, desesperados vendendo e comprando bilhetes de loteria, desesperados ralando em balcões de lojas, escritórios, bancos e escolas, desesperados tentando curar desesperados, desesperados beijando, abraçando, furtando, batendo e matando desesperados. Todos os livros que li – e não foram poucos – foram escritos por desesperados. Mesmo os Livros Sagrados que li, de várias Religiões, o desespero é a trama do princípio ao fim. Desespero é a marca da Terra Santa de três delas, desdobradas em milhares de confissões e seitas. E eu, filho de Deus como todos eles são, fui expulso desse banquete. Com certeza Ele se esqueceu de mim, mas eu não d'Ele, pois todos somos parte de Sua Magnífica Obra. Não me consta que foi Ele quem nos deu o nome de "ser humano". Desconfio que em sua Sagrada Prancheta, embaixo de nosso horripilante desenho, esteja grafada a palavra "desesperado". Li um que duvida que os "desesperados" sejam criaturas de Sua criação, mas do outro Eu d'Ele, por Ele criado para ser o contraponto que a lógica exige. Amiga Ficha, não fossem os importantes registros cadastrais que me cabe deles desincumbir nesta repartição, tais questões de somenos eu poderia estar escrevendo em você. Mas noto que você não gosta de suportar – no sentido literal do termo – o peso de tantas banalidades que costumo escrever. Concordo que incido em desvio de finalidade quando a transformo no recipiente em que descarrego estas minhas inquietações. A Instrução Normativa que a concebeu, Ficha, previu que você se destina ao registro de atos e fatos de todos os funcionários, ex-funcionários, aposentados e pensionistas da repartição. Mas você há de convir, Ficha, todos também desesperados como todos os humanos o são, com a agravante de que são conscientes dessa condição. A noite chega, a enchente não vem, o fogo não crepita, o telhado não desaba, eu não me suicido e, portanto, Ficha, até amanhã...

Que inveja de você, Ficha

Aquele soldado francês, Ficha, educado por padres jesuítas, de repente dispondo de ócio bastante para filosofar, arruinou o mundo ao inocular nos seres humanos o vício de raciocinar. O seu discurso sobre o método de bem conduzir a razão e buscar a verdade nas ciências fez tudo desandar. E assim o homem, por natureza assassino, tarado, bestial, carnal, interesseiro, obtuso, claudicante, perdulário do tempo, extraviado, lerdo, retrógrado, ladrão, corrupto, mercenário, egoísta, utilitarista, mentecapto e dinheirista, sem ter sido modificado o seu código comportamental natural, passou a se sentir na obrigação de ser pacífico, casto, honesto e altruísta. E o que é pior. Humanos feitos desse mesmo barro seminal e, por conseguinte, titulares do direito natural de matar, estuprar, roubar, acumular e mentir, passaram a julgadores e aplicadores de penas atribuídas ao que passaram a chamar de delitos, como insultar funcionário público, ter comportamento ébrio em público, pedir esmola de forma agressiva e desrespeitar a bandeira nacional. Viver é delinquir, foi isso que o ócio daquele francês legou à humanidade. O que antes era pecado se transformou em crime, investigação, processo, punição, cadeia e morte. Antes ou íamos para o Céu ou para o Inferno ou para o Purgatório, destinos turísticos criados pelo Engenheiro do Universo. Criadas as comarcas, varas, promotorias, delegacias, cadeias, penitenciárias e cadeiras elétricas, revogados foram o céu, o inferno e o purgatório. E pior ainda, Ficha, o homem voluntariamente se escravizou, ao aceitar o trabalho como um comportamento normal. Escravizado e delitizado são os ingredientes que os fazem civilizados. Por esses dez anos, Ficha, tirante o primeiro aspecto – o trabalho – não matei, não roubei, não trepei, não corrompi, não me vendi, não acumulei e, no entanto, não me tornei um homem melhor ou pior. Não tomei tempo da polícia, do ministério público, da magistratura, dos jornalistas, dos psiquiatras, dos professores e dos milhões de seres humanos investidos no ofício de consertar animais fadados a praticar os mesmos atos e fatos a que eles também se sujeitam. Deformados física e espiritualmente, eles, no entanto, se dizem as criaturas mais perfeitas de Deus, embora o tempo todo tomados pela perpétua vontade de dar vazão àqueles instintos. Estes ácaros, traças e cupins que nos cercam devem rir à beça de mim e destes milhares de zanzantes aí em frente, condenados a transportar em suas cabeças milhares de delitos potenciais. Condenados a serem pacíficos em meio à guerra permanente. Condenados a serem pudicos quando seus corpos ardem de desejo por outros corpos. Condenados a verem objetos e não os poderem arrebatar. Delinquentes reais e virtuais são todos os humanos, sem exceção, amiga Ficha, e o planeta em que habitam não passa de uma esférica prisão que os encarcera, inclusive julgadores, acusadores, defensores, noticiadores, carcereiros et caterva. E eu que nem Marilyn comi também não escapo dessa eterna danação. Por falar naquela gostosona, Ficha, um dia desses eu, impassível, ouvi o carinha do bar insistir para que eu retornasse ao mundo. No trajeto entre a galeria e a pensão, comecei a admitir pelo menos discutir comigo mesmo a possibilidade por ele aventada, mas num instante espantei aquela estapafúrdia ideia, ao trombar com aquele monte de delinquentes. Que inveja de você, Ficha.

Não há mal que não traga um mal

Curioso ou trágico, Ficha, por todo esse tempo em que trabalhamos neste galpão, não ocorreu a mim, escrevinhador sobre você (mas não a respeito de você), nem a você, recepcionista dos meus escritos, tirarmos conclusões sobre o que escrevemos. Inanimada que penso que você é, é normal que você, Ficha, não as tire. Mas, animado que sou, o fato de eu ter anotado tanta coisa em você, por mais de dez anos, e não ter sido tentado, ou em você ou em meu cérebro, registrar impressões, dúvidas, inquietações, observações, ilações, convencimentos e pseudoconclusões, como os humanos normalmente fazem, é, de uns dias para cá, algo que me inquieta. O culpado da repentina mudança comportamental que se abateu sobre mim é o indigitado sujeito do bar e sua história de que eu não comi Marilyn.

Foi tentando entender o que aquela ilação queria dizer, que eu readquiri um vício há mais de dez anos curado, o vício de raciocinar. Vício que acomete cerca de um bilionésimo da atual população humana, o que denota o seu potencial destrutivo, letal aos raciocinadores e aos raciocinados em geral. Deus, o Arquiteto, Engenheiro, Mestre de Obra, Pedreiro, Servente, Paisagista e Zoologista do Universo, jamais Errou, Erra ou Errará, mesmo porque o Seu eventual erro em acerto se transforma assim que Ele erra. De modo que não me cabe atribuir o vício de raciocinar a um cochilo d'Ele. Se foi cochilo divino, o fato de Ele, em sua onipotência, não ter conseguido extirpá-lo de suas criaturas é sintoma de que esse ente chamado Raciocínio é mais forte do que o próprio Deus. E sendo mais forte, o Dom Raciocínio é que é deus e Deus não passa de um ente menor. Se, ao contrário de um cochilo, tal vício é parte do projeto de universo, patente se torna imaginar que Deus não construiu o universo para durar infinitamente, tanto que criou o vírus do raciocínio e o vício do raciocínio, vetores essenciais à destruição deliberada de Sua Obra. Você, Ficha, era árvore, mas foi derrubada, triturada, derretida em ácido, transformada em pasta de celulose, espremida, prensada, secada, bobinada, transportada, impressa, guilhotinada, embalada e vendida – certamente numa licitação fraudulenta – a esta repartição e, neste instante, está sendo escrevinhada por mim que batuco nesta velha máquina que era ferro, antimônio, carvão (que fora árvore) e petróleo e que foi minerada, transportada, triturada, usinada, chapeada, moldada, montada, embalada, transportada, comercializada e vendida a esta repartição pelo mesmo método anterior e, neste instante, surrada por mim que ora imprimo letras sobre você. Em suma, você e esta máquina de escrever são vítimas do vício de raciocinar que contaminou uma das milhões de espécies criadas pelo Criador. Não foi a Traça a culpada, Ficha. Apesar de predadora de papel, a Dona Traça não é a culpada disso, e você, Ficha, pare com esta mania de perseguição. Exceto o Bicho Homem, animal algum altera a ordem das coisas. Animal algum, exceto eu e os da minha espécie, pega uma pedra e a transforma numa lança, pega um punhado de minério e o transforma num fuzil, pega um avião e o arremete no prédio do próprio construtor do avião, pega a si próprio e se transforma em arma... Parece a mim, que peguei o vírus ou vício do raciocínio há poucos dias, mas que acumulei no meu cérebro uma quantidade enorme de itens do chamado conhecimento humano, ao ler aqueles livros do sebo, que tal vício ou vírus, ou esteve latente por milhões de anos ou só veio a se manifestar em data recente, quando um humano, diante de uma pedra, resolveu tacá-la na cabeça de outro humano ou em um animal em disputa. Foi aí que tudo desandou por cochilo ou por prévia vontade de Deus. Como trair e coçar é só começar, de manipuladores de pedra, eles passaram a manipular gravetos e os manipulando, passaram a manipular fogo; manipulando fogo e minério, passaram a manipular armas e ferramentas; manipulando ambas transformaram este pontinho inexpressivo do Universo na maior fonte da Enxaqueca Divina. Culpa de quem, Ficha. Culpa do raio do vício ou vírus do raciocínio. Por dez anos eu me sentei naquele bar, tomei diariamente as minhas três cervejas e li três livros. Como me abstive de ouvir e falar, por todo aquele tempo, jamais raciocinei. E não tendo raciocinado nada, nada alterei na decoração que Deus fez na Terra. Não troquei um móvel de lugar, não pintei quadros, não construí casa, não escovei dentes, não viajei, não comprei nada, exceto um guarda-chuva que nem usei, mas cometi o despautério de ouvir, pela primeira vez, aquele sujeito e tudo de repente se modificou. Jamais eu deveria ter caído naquela conversa de que comi ou não comi Marilyn Monroe. Não é pela boca que o homem morre, mas sim pelo ouvido. É claro que, neste particular, o ouvido parece vir em segundo plano, posto que para se ouvir outro ser humano é necessário que ele fale primeiro. Mas a letalidade da fala é inteiramente inócua se o outro se nega a ouvir. Por dez anos eu cultivei esse dom e vivi nu de qualquer tipo de inquietação. Li e registrei em meu cérebro o pensamento de milhares de seres humanos, alguns com dois e até mais de três mil anos de idade. Não os ouvi, não os admirei, não os dissequei, não os ponderei, não os contrapus, não os relevei, nem os refutei e, portanto, ao contrário do meu antepassado que juntou graveto com pedra, nada construí os tendo por matéria prima. Impactei sim o meio ambiente, comendo, bebendo e dormindo, mas isso é parte do Projeto Celestial e todos os animais assim procedem. Você, Ficha, certamente está sentindo o bafo da cerveja de ontem, o cheiro forte do cigarro que ora fumo e me achando um grande mentiroso. Mas cerveja e fumo, Ficha, são substâncias que o ser humano necessita para desviá-lo, ainda que por instantes, da dor que é viver. Se não é cerveja, é pinga, uísque, vinho... Se não é fumo, é diamba, coca, craque... Se não são eles, é antidepressivo, gula, religião, esporte, terapia, cadeia, hospício, reformatório, ceteí, cemitério... Dez anos inteiramente alienado do mundo, não sei a quantas anda a humanidade nos dias atuais, no que tange a este delicado – para eles – tema. Mas, de uns dias para cá, tenho notado que os milhares de pessoas que vejo andando pelas ruas continuam muito mais desesperadas do que quando as vi dez anos atrás. Temo que desesperadas continuam, mesmo as que se livraram da bebida, da droga e do cigarro. Percebi e me dei conta agora de que os desesperados que encontro pelas ruas fumam muito menos do que antes. Mas, Ficha, voltando ao carinha com a história de Marilyn e que me contaminou com o vírus do raciocínio, devo reconhecer que, ao engendrar aquele enigma, ele demonstrou ser um gênio, acima dos muitos que enlouqueceram parte da humanidade com suas teses, suas teorias e seus postulados, a exemplo do arranca-rabo em torno do relativismo, do criacionismo e de tantos outros ismos... Esse cara, Ficha, é muito perigoso. Quantos outros enunciados ele poderia bolar como forma de chamar a minha atenção e me fazer raciocinar. Quantos. Infinitos, com certeza. Ele poderia, por exemplo, desenhar em minha frente um parênquima paliçádico e eu certamente não resistiria vê-lo, de memória, desenhado. Ele também poderia submeter ao meu escrutínio um enigma apresentado por um matemático, séculos atrás, até hoje não desvendado. Como eu sou capaz de resolvê-lo, provavelmente eu seria tentado a comunicar o resultado da irresolvível equação, ali na hora e na lata. De igual modo eu correria o risco de falar com ele, ali na hora, se a questão que me fosse submetida versasse sobre genética, pois sou capaz de dizer de cor toda a sequência de deeneás. É certo que, transformando uma péssima, mas bela e gostosa atriz em mote pra me atrair para o vício de raciocinar, o danado do sujeito superou todos os demais, porque é a primeira vez na história que um ser humano tido por burro, infantil e ignorante – e Marilyn era assim vista – presta um grande serviço ao conhecimento. Eu que me dava por morto em vários sentidos, sobretudo sob o ponto de vista libidinal, sensual e sexual, ao açular minha jacente capacidade de raciocinar, instigado justamente por aquela bela mulher, não por todos os apelos que os cientistas despertam naqueles que possuem o vício do raciocínio, posso aquilatar, por experiência própria, o que uma perereca pode despertar na mente humana, mudando até mesmo o rumo da história. É claro que foi ele, não eu, que, transmutando Marilyn em mote de postulado, em verdade quis colocar, para minha admiração filosofal, não ela em sua integridade de mulher, mas sim a sua distinta periquita. Fosse Marilyn, não um sex symbol, mas uma estrábica, macilenta e muxibenta cientista, o maluco do bar jamais a utilizaria para atrair-me para aquela cilada, nem eu, sabendo da indigência dos seus atributos físicos, teria entrado em parafuso, como entrei. Que me perdoem os pudicos – que jamais lerão o que escrevi em você, amiga Ficha – foi a perseguida da Marilyn que me arrastou para o precipício em que cai, recobrando meu vício de raciocinar que eu já o dava por morto. Sem dúvida é uma ironia do destino: um ex-usuário de perereca, que nem mais se lembrava de como é o formato de uma, ser vítima do interesse que, inconscientemente, nele se despertou por ela. Isso mesmo. Ao tecer conjecturas sobre Marilyn, sobretudo acerca do dilema que me assaltou – comi ou não comi, eis a questão! – patente está que foi por aquele acessório, não pelo principal que é a falecida atriz, que eu sofismei tanto e não cheguei a nenhuma conclusão, mesmo tendo entrado fundo nas minhas elucubrações. A investigação científica não comporta eufemismos, nem hesitações ditadas por quaisquer tabus, inclusive os religiosos e sexuais, sob pena de corromper o seu resultado. Do cientista não se pode cobrar balizamentos éticos. Nem cobrado fui e assim mesmo eu, em lugar de dar asas à imaginação, me enchi de pruridos morais, não dei nome aos bois – ou melhor, ao ponto fulcral do postulado do sujeitinho do bar, a perereca de Marilyn – e todo o edifício lógico que ergui caiu por terra, posto que alicerçado numa premissa falsa. Aquele grego antigo e de ombros largos tinha toda a razão. Se o mundo fosse governado pelos filósofos, erros como o que cometi não ocorreriam e o mundo não estaria mergulhado no caos em que se encontra. Não gosto de me lembrar de fatos anteriores ao meu emmimmesmamento, mas tenho vaga lembrança de que um dono do mundo quase perdeu seu trono porque, em vez de usufruir os conhecimentos técnicos de sua estagiária, se confundiu, e comeu a sua perereca. Também antes do patriarcado, era comum matriarcas donas do mundo cometerem idênticos enganos, o que gerou uma quantidade enorme de eunucos. Esses homens e mulheres, diferentemente deste trapo humano que vos fala, Ficha, eram poderosos e deveriam dar graças ao Altíssimo por terem sido vitimados pelo próprio objeto de sua luxúria, não pelas lanças, baionetas, balas, cordas, guilhotinas ou venenos que vitimaram quase todos os seus colegas. O fato de eles terem sido potentados me conforta, Ficha, pois eu temia – agora nem tanto – que o instrumento que daria cabo de mim pudesse ter sido modificado: em vez de eu morrer levado por uma enchente, esturricado por um incêndio ou esmagado pelo peso deste velho telhado, eu seria morto por uma falecida vagina que eu, aos seis anos de idade comi, mesmo estando no hemisfério antípoda ao de sua distinta proprietária, ambas mortas no mesmo lugar e instante. Até amanhã, Ficha.

Ontem eu não me reconheci

É claro que não era eu o sujeito que, de repente, se pôs a olhar da janela do meu quarto de pensão a cena que se passava na calçada em frente. Cenas eu as vejo e, ao mesmo tempo, não vejo, isso faz no mínimo dez anos. Cenas com humanos nem pensar, o que me leva à convicção que Outro-que-não-eu era aquele que me surpreendeu na noite de ontem. Mas ninguém, por todo esse tempo, jamais entrou naquele meu cubículo, desde o dia em que o transformei em meu mausoléu de morto-morto. Nem a dona da pensão, nem a faxineira. Não obstante isso, reafirmo a minha absoluta certeza de que o cara de ontem não era eu e sim um cara, sozinho no meu quarto, que de repente começou a ouvir uma música cantada bem embaixo de minha janela. Três mulheres lindas, embora pálidas e de olhos sombreados, num crescendo perpétuo chegavam ao limite de suas vozes, feito Electra, Clitemnestra e Crisótemis. De suas gargantas jorravam torrentes e mais torrentes do mais puro ódio. Da escuridão do outro lado da linha do trem um tenor e um baixo se entrelaçavam asperamente àquela música sem prelúdio ou tessituras de transição, enquanto da radiola de ficha do bar vizinho vinham os sons de uma orquestra que se digladiava com as vozes das três ensandecidas moças e dos dois cantores submersos nas trevas, abduzindo todo o silêncio. Só aquele sujeito-que-não-era-eu ouvia aquela estranha e ao mesmo tempo hipnótica música. Mas como também a ouvi se eu não era ele, nem ele eu. Quase uma hora e, de repente, ouvi "Ah! O amor mata!" e adormeci. Cinco e quinze, pulo da cama, vou à janela e vejo uma velhinha empurrada para dentro de uma ambulância, trajando uma camisa-de-força. Engraçado, Ficha, que eu, por todo esse tempo, jamais botei o olho em alguém e o fitei. Exceto o mendigo nu que me pôs pra correr – nem sei se ele era real ou resquício não descartado pela minha desconstrução — foi a primeira vez que alguém me chamou a atenção. Vendo e não vendo, ouvindo mas não escutando, pensando e não verbalizando, por todo esse tempo o feio e o belo deixaram de existir em mim e para mim, de modo que não faço juízo de valor do que vi hoje pela manhã. Por outro lado, Ficha, não custa imprimir em você impressões que aquela visão me impressionou. O homem-espírito não é dado a olhar para dentro de sua alma e reconhecer seus defeitos. Quando o faz, somente consegue enxergar virtudes que ele nem tem. Já o homem-matéria vive se olhando no espelho, se indignando com o seu corpo e tentando embelezá-lo: raspa aqui, pinta ali, esfrega, lixa, unta, penteia, espreme, esconde alguma parte, desvenda outra, se enrodilha de anéis, correntes e cintas, descarta pele, costelas, disfarça os odores com perfumes e mais perfumes, troca de dentes, de pênis, aperta e recostura vagina, reergue peitos, malha, se esfalfa, corre e nada, mas o tempo, de sacanagem, trava com ele uma renhida luta. Oito horas dormindo, oito horas se escravizando e as restantes se restaurando, comendo, bebendo, cagando, cuspindo, mijando, se lavando, raspando, lixando, coçando, malhando, estudando, fofocando, noticiando, reportando, denunciando, julgando, executando, prendendo, analisando, operando, se perpetuando trepando e tentando se esconder da única certeza que ele pode ter: da Dona Morte. Aquela velhinha que vi hoje de manhã era a mesma que o sujeito-que-não-era-eu viu, estonteantemente bela, na noite de ontem, cantando com aquelas outras duas, aquela música que o sujeito-que-não-era-eu achou tão cativante, por não dispor de harmonia, melodia ou ritmo. Entre o que ele viu ontem e o que vi hoje, apenas uma questão de pontos de vista diferentes, pois nada é feio, nada é belo, nada é bom, nada é ruim, tudo só é o que é, só a verdade é que é a essência das coisas e só se chega a ela quando se consegue se livrar de tantos adjetivos que inventamos. Um polidor de lentes escreveu sobre como a humanidade deveria reformar o seu entendimento. Ele foi o ser humano que prescreveu a receita para curar as doenças do erro, do engano e das falsas premissas, que inviabilizam o bem pensar. Receitas para reformar o espírito, elas também são tiro e queda nesta praga que vitima a humanidade em sua neurose corporal. O corpo é continente cujo conteúdo é o espírito. Não se purifica um quando o outro é pútrido. Mas, Ficha, quem sou eu, reles barnabé aguardando ser tragado por uma enchente, para me meter neste tipo de confusão que não nos leva – eu e você - a nada. Que se danem esses faxineiros do próprio corpo, esses garis escatológicos e seus ajudantes, os pedicuros, os manicuros, os ortopedistas, os restauradores de hímens, os implantadores de próteses penianas, os barbeiros, os cirurgiões plásticos, os massagistas, os ortodontistas, os maquiadores, os esteticistas, os cabeleireiros, os vigilantes do peso, os perfumistas, os estilistas, os sapateiros e os costureiros que tanto enfeiam os seres humanos. Eles, na verdade, afrontam o Criador, ao violar as suas sagradas criaturas. Profissionais do apocalipse, é o que eles verdadeiramente são. Mais afrontosos ao Criador são os que se metem a consertar e concertar mentes, edulcorando, pasteurizando, equalizando e homogeneizando a multiplicidade de pensares e agires humanos. Genocidas de lunáticos, eles não são capazes de entender que a loucura nada mais é do que uma espécie de protesto contra as normas sociais e que o tido por "louco" é muito mais sadio do que a sociedade que o rejeita. Seguramente um hospício reúne mais sábios do que cem catedrais lotadas em dias de culto. Mas Ficha, eu não quero te enlouquecer com estas minhas maluquices e até morro de medo de alguém acessá-las escritas em você, e me aposentar por invalidez permanente, como fizeram com aquele pobre coitado da décima-sexta prateleira, pelo grave fato de ele ter inventado um sistema de registro de dados que resultaria na demissão de metade dos funcionários desta repartição, ou na transferência de todos eles para o atendimento ao público. Ele pelo menos demonstrou inteligência ao inventar o sistema. Eu nada inventei, nada sei e sequer consigo concluir se de fato comi ou não comi Marilyn Monroe. Ora, não se pode levar a sério alguém que, querendo, é capaz de se lembrar de tudo, inclusive quantas cervejas tomou, quantos livros leu, qual o peso de cada vagão, mas não é capaz de lembrar se trepou ou não trepou, não com um canhão qualquer, mas com aquele avião chamado Marilyn Monroe.

Ela & ela

Lá está ela sentada à sua varanda. Não é bem assim a cena que vejo. Devo advertir, amiga Ficha, que a expressão "sentar-se" decorre da vontade deliberada de acomodar a derrière sobre um sofá, por exemplo, e ela não se acomodou ali de modo pensado ou deliberado. Penso até que ela há muito nada pensa ou delibera. A varanda é ricamente adornada por móveis finos, sobre os quais repousam vasos de flores, cinzeiros de cristal, livros e revistas, mas ela não os mira, não os folheia, nem admira as dezenas de passarinhos que brincam numa árvore em frente, atraídos por recipientes de água e comida pendurados em seus galhos. Metida displicentemente num peignoir cor-de-rosa, adquirido quando ela certamente pesava bem menos, suas rotundas coxas se esfregam freneticamente, provocando uma onda vibratória por todo o corpo, sobretudo seus volumosos seios. Vez ou outra ela mete a mão direita por entre as pernas, dando a impressão de estar acalmando as suas partes íntimas. Sua face em nenhum momento emite sinais de gozo. Quatro ou cinco passadas de mão pelo delta de Vênus, de baixo para cima, e logo ela retorna ao frenético movimento de suas pernas. Para uma quase cinquentona, seu rosto guarda ainda traços angelicais, adornado por uma basta cabeleira loiríssima, ao que parece natural se considerada a brancura de sua pele. Como numa sequência de slides, ela se limita a quatro posturas básicas: começa pela frontal, minutos após ela se vira para o lado esquerdo, nádegas proeminentes feito a moça de Velásquez, para, em seguida, se estender de bruços e instantes após recostar-se à direita. Ela raramente está só. Além do marido que vez ou outra passa fumando pela varanda, e de quatro ou cinco jovens, ao que parece, seus filhos, transitam por aquela mansão dois serviçais fixos, jardineiros, piscineiros e outros prestadores de serviço, mas a presença constante deles jamais a faz mudar de postura. Ao que parece, faz muito tempo que ninguém naquela casa dirige qualquer palavra a ela. Ela, idem. Claro que ela se levanta, por certo para ir à cozinha ou ao banheiro. A higidez de seu corpo autoriza dizer isso. Mas, do amanhecer ao entardecer, não mais do que cinco ausências daquele espaçoso sofá, e isso eu observo desde o dia em que voltei a ver e a observar as pessoas. Não sei como era antes o cotidiano daquela senhora, mas com certeza ele era diferente, inteiramente diferente. Pela vidraça que separa a varanda e a sala, uma pintura a óleo, afixada na parede, retrata uma jovem senhora bem sorridente. Pelos traços é ela. Sobre um console, retratos de família indicam ter sido uma pessoa muito diferente do quase-vegetal em que se transformou. Como há muito perdi o desejo, inclusive o desejo de possuir o corpo das pessoas, aquela visão em nada mexe com a minha tesão. Juro que o meu voyeurismo decorre do hábito que readquiri de matar o tempo analisando o comportamento das pessoas, após encontrar este binóculo caído às margens da linha férrea, certamente perdido por algum passageiro que, da janela de algum vagão, apreciava a paisagem. Pela distância entre este velho galpão e o elegante bairro em que ela mora, jamais os ocupantes da mansarda desconfiarão de que meus dias, salvo sábados, domingos e feriados, são ocupados na tarefa de admirar aquela criatura. Quando a espreitei pela primeira vez, um frio me subiu pela espinha, pois a tomei por Marilyn Monroe. Simplesmente delirei ao imaginar que Marilyn não havia morrido e se achava encerrada naquela mansarda. Cheguei a admitir a hipótese de ir ali, aproximar-me devagarzinho e simplesmente comê-la, pondo fim de vez a essa história de que o meu alheamento do mundo decorre da ausência desse acontecimento em minha vida. Imaginei até mesmo convidar o chato do bar para, de meu quarto e com o binóculo, assistir àquela histórica trepada. Vi-me segurando o seu colarinho e dizendo: agora inventa outra, pois eu comi, sim, Marilyn Monroe! Temi, no entanto, seu retruque de que não se configurou naquela cópula nenhum intercurso carnal, por conta do meu notório alheamento do mundo, somado ao dela. Mesmo sabendo que Marilyn é hoje um monte de ossos em uma sepultura, não consigo dissociar uma da outra. Agora tenho duas Marilyns a perturbar o meu pensamento, tanto que outro dia, no Sebo, ao encontrar um velho livro intitulado A Ninfomania ou Tratado sobre o furor uterino, publicado em Veneza em 1786 e tido como um misto de ciência e libertinagem, passei a me interessar pelo tema. Ontem mesmo, passando os olhos numa revista voltada para a compreensão da psique, me convenci de que o sexo não pode mais ser visto sob o aspecto da salvação ou da condenação pelo pecado, mas sim pelo prisma do normal e do patológico e que, como o corpo é fonte de inúmeras possibilidades de uso dos prazeres, é um absurdo a humanidade não aproveitar tal potencial e consentir as mais variadas formas de amizade. Voltando à Marilyn da mansarda, creio que ela é vítima de sua sexualidade. Suspeito de que seu marido ou outro familiar a submeteu a tratamento psicológico, psicanalítico ou psiquiátrico, os quais medicalizaram algo tão natural no ser humano que é o sexo. Tais profissionais, na maioria das vezes sem se darem conta disso, são na verdade instrumento da chamada biopolítica, esse poder nefando, a serviço do capital, que consiste em fazer do ser humano uma máquina, adestrando-o, ampliando suas aptidões, forças, tornando-o dócil, entre outras coisas. Disso não tenho dúvida, Ficha! Também não tenho dúvida, Amiga, de que terei de desfazer imediatamente deste velho binóculo, sob pena de passar os meus dias vendo o abrir e fechar de pernas daquela senhora, até que a enchente venha pôr fim a essa obsessão. Mas voltando a ela, penso que ninguém — se já a teve — perde os que os ditos normais chamam de razão. Ela, com certeza, está ali quietinha no cérebro daquela senhora, exceto se ele foi danificado, por exemplo, por uma pancada que a mim não me parece ter sido dada em sua cabeça. Acho que ela, a razão, simplesmente se desconectou da própria senhora ou do mundo ao seu redor. A humanidade, salvo os feito ela e eu, forma uma grande rede onde cada indivíduo nela se conecta pelos olhos, ouvidos, boca, nariz, pés, mãos e por toda a pele, enfim. A razão, portanto, embora esteja localizada dentro de cada ser, projeta-se para a humanidade em seu todo, desde que o mundo é mundo. Cada suposto normal carrega os outros bilhões e mais bilhões de outros supostos normais, tanto os ora vivos como todos que viveram ao longo de milhões de anos. A humanidade é que é um indivíduo, ente ou pessoa — exemplar único no Planeta Terra formado, hoje, por quase seis bilhões de multicélulas vivas, conectadas a dezenas e mais dezenas de bilhões de outras já fenecidas. Os ditos loucos, apartados dessa grande rede e, por conseguinte, inumanos, formam uma categoria à parte. Há quem diga que o próprio planeta Terra é um ser vivo e os homens mera parte desse conjunto que orbita em torno de uma estrela chamada Sol. De todos os conjuntos uni ou multicelulares que a formam, os mais perturbadores de sua mecânica espacial são os humanos chamados de normais. Digo isso, Ficha, porque noto que os ditos destituídos da razão, como aquela senhora neste momento enquadrada nas lentes deste binóculo, pouco interferem na ordem natural das coisas, pois não plantam, não colhem, não fiam (nem confiam ou desconfiam), não compram, não vendem, não guiam automóveis, não estudam, não se metem a curar as pessoas e mais um montão de outros "nãos". Por isso, penso, a sobrevivência da Terra exige a abolição imediata e irrevogável da razão, de comum acordo com os atuais humanos, seus passageiros, ou de preferência na marra. Alguém há de chamá-los à razão, convencendo-os de que somente abdicando da razão eles poderão continuar tripulando a desbussolada nave Terra. Mas pra dizer a você a verdade – verdade minha, é óbvio, amada Ficha, já que há bilhões de verdades, no exato número de seus habitantes e ex-habitantes – pra dizer a você a verdade, o mundo será melhor, infinitamente melhor, quando todos ficarem como eu e aquela senhora: um mundo feito só de loucos...

Malleus Maleficarum

Caiu em minhas mãos, na noite de ontem, um livro escrito em latim que, embora aparentemente antigo no sebo, eu ainda não havia me deparado com ele. Não sei se por conta de seu péssimo estado de conservação ou até mesmo em razão do elevado teor alcoólico em minhas veias, não consegui entender se ele contém ensinamentos sobre bruxaria ou se visa combater tais práticas. Interessante do livro, Ficha, é a ideia de seu autor de que não há como imaginar a existência de Deus sem a existência de Seu Antípoda, o Demônio, ou vice-versa. Não fosse aquele sujeito que, do nada, começou a me importunar com a história de que não comi Marilyn, aquele livro seria mais um que, embora lido por mim, não me infundiria espécie alguma de inquietação. Descrente de Deus, não há como crer no Diabo. Ocorre, Ficha, que o livro não apenas demonstra a existência do Cão, como explica exaustivamente as mais variadas formas que Ele utiliza para se apossar da mente e do corpo de um ser humano. A primeira parte do livro é intitulada de Das três condições necessárias para a Bruxaria: O Diabo, a Bruxa e a Permissão de Deus Todo-Poderoso, onde uma questão — Questão VI — é levantada relativamente às Bruxas que copulam com Demônios e sobre o porquê de principalmente as mulheres se entregarem às superstições diabólicas. Assim que comecei a folhear aquele estranho livro, vieram em minha mente algumas inquietações: não seria o próprio Demônio o carinha do Bar tentando-me com aquele papo de que não comi Marilyn? Ou ele seria Deus submetendo a teste a minha crença n´Ele ou em Ambos? Tenho para mim que jamais comi Marilyn, o que por si só não é uma verdade absoluta, pois os humanos costumam achar tanta coisa verdadeira, mas que, verdadeiramente, de verdade pouco possuem. Admitindo que eu de fato a comi e que o registro desse acontecimento se apagou em meu cérebro, não posso crer que Marilyn, em tais circunstâncias, em verdade era o Diabo, transfigurado naquele lindo rosto e naquele corpão tão gostoso. Diz o livro, em certo trecho, o seguinte: ... três parecem ser os vícios que exercem domínio especial sobre as mulheres perversas, quais sejam, a infidelidade, a ambição e a luxúria. São estas, portanto, mais inclinadas que as outras à bruxaria, por mais se entregarem a tais vícios. Como desses três vícios predomina o último, por serem as mulheres insaciáveis etc., conclui-se que, dentre as mulheres ambiciosas, as mais profundamente contaminadas são as que mais ardentemente tentam saciar a sua lascívia obscena: as adúlteras, as fornicadoras e as concubinas dos Poderosos. Existem, conforme se lê na Bula Papal, sete métodos pelos quais elas contaminam, através da bruxaria, o ato venéreo e a concepção; primeiro: fomentando no pensamento dos homens a paixão desregrada; segundo: obstruindo a sua força geradora; terceiro: removendo-lhes o membro que serve ao ato; quarto: transmutando-os em bestas pela sua magia: quinto: destruindo a força geradora de suas mulheres; sexto: provocando o aborto; e sétimo: oferecendo, em sacrifício, crianças aos demônios. Não conheci Marilyn Monroe e não tenho, portanto, condições de julgar o seu comportamento. Sei que dela se fala horrores e que ela foi tida por infiel, ambiciosa e dada à luxúria, o que coincide com o contido na transcrição acima. Mas, se de fato a comi e se de fato ela era um demônio, por que razão, por exemplo, ela não fomentou em mim a tal paixão desregrada, não obstruiu a minha força geradora, nem cortou o meu pau, como no trecho acima transcrito? É bem verdade que os meus instrumentos de galanteria se acham em desuso há mais de dez anos, mas posso afirmar que eles ainda estão em funcionamento, ainda que precariamente, mais fruto do avançar da idade do que do não--uso. Por outro lado, devo admitir que o fato de não usar o meu membro por todo esse tempo possa estar relacionado, sim, com alguma bruxaria — de Marilyn ou de qualquer outra mulher. A Questão IX da primeira parte do livro "Se as Bruxas são capazes de algum Ilusionismo pelo qual pareça que o Órgão Masculino tenha sido arrancado ou esteja inteiramente separado do Corpo" é respondida assim: Não há dúvida de que certas bruxas são capazes de operar coisas prodigiosas nos órgãos masculinos, enunciado coerente com o que é visto e ouvido por muitos. E com o que se percebe com relação ao membro em função dos sentidos da visão e do tato. De que modo é isso possível? Afirma-se que pode ser feito de duas maneiras, ou realmente e de fato, conforme se aludiu no primeiro argumento, ou através de algum ilusionismo ou encantamento. Mas quando realizado por bruxas não passa de ilusionismo; embora não seja ilusão na opinião do sofredor. Porque em sua imaginação é capaz de crer de fato que o seu membro tenha desaparecido, já que por nenhum de seus sentidos exteriores, seja o da visão, seja o do tato, consegue identificar-lhe a presença. Em outro trecho, o autor afirma que os que mais sofrem com o suposto corte de seus pênis são os adúlteros e fornicadores, em primeiro lugar porque ao deixarem de responder à demanda de sua amante, ao tentarem abandoná-la, trocando-a por outra mulher, fazem com que ela, por vingança, através de alguma força, remova o seu membro viril. Em segundo lugar, quando o membro não desaparece por bruxaria, o desaparecimento não é permanente: o membro é restituído algum tempo depois. Conclui o autor, neste aspecto, que Deus permite que o Demônio possa matar o homem, como também O autoriza a arrancar seu pênis, mas este pode ser restaurado pelas Bruxas. Amiga Ficha, tal livro, escrito em 1484 por dois inquisidores, mandou milhares de pessoas para a fogueira, a maioria mulheres, acusadas de bruxaria. Mas eu nada tenho a ver com isso e sim com as ilações que tirei entre o seu conteúdo e o que pode estar por trás do que pensa o chato do bar a respeito de mim e de Marilyn Monroe. Não gosto de falar de acontecimentos anteriores ao meu emmimmesmamento, mesmo porque eles, em sua maioria, se apagaram em minha memória. Interessante, Ficha, que entre os que não foram corrompidos estão justamente aqueles registros das setenta e três mulheres que comi, algumas dezenas e até centenas de vezes, acrescidas de cerca de dezoito com as quais cheguei às preliminares mas não consumei o coito ou por medo, ou por força de brochadas decorrentes da emoção. Por incrível que pareça, Amiga Ficha, mais forte é a memória das dezoito não comidas que das setenta e três. Relativamente às dezoito, a sensação era a de que me faltava justamente o meu pau, como a descrita no livro que li ontem. Entre as dezoito não há nenhuma Marilyn, a não ser que Marilyn se disfarçou numa ou em algumas delas. Disfarçou-se, certo é que não a comi e, por conseguinte, devo admitir que o Chato do Bar está coberto de razão. Se ela se disfarçou, desconfio de que seja uma que, a pretexto de levar-me um documento de interesse de seu marido, subiu ao meu quarto de hotel e, de minissaia, sentou-se à minha frente, embebedou-me e passou toda a noite montada sobre mim, não consentindo, no entanto, que eu a penetrasse. Era bela e tinha até uma pintinha na bochecha esquerda. Morena e de cabelos pretos, em nada ela se parecia com a loira Marilyn, a não ser que a maquiagem teve, como uma varinha de condão, o poder de transformá-la naquela apetitosa e péssima atriz.

Ex-Eu

Eu que em mais de dez anos não me recordei de fatos ou sentimentos anteriores ao meu emmimmesmamento e que sequer pretendia visitar o meu passado, tomei um puta susto ao flagrar-me sobre aquele cavalo, como que fugindo do nada e do ninguém e tendo por norte o imponderável. As espinhas e a barba nova salpicadas em meu ex-rosto eram sintomas de que o que eu vi indo montado naquele cavalo era alguém de um tempo bem distante deste. Aquele semblante não evidenciava revolta nem contentamento, como ocorre com os que se guiam pelas inconsequências. Nada, naquele eu antanho ou no seu cavalo, denunciava qual impulso inicial teria movido ambos rumo a um rumo inteiramente sem rumo. Sem dúvida, se alguma lógica presidia aquela desjornada o seu mérito ou demérito pertencia mais ao cavalo do meu antigo eu do que a ele próprio. O frouxo daquelas mãos segurando as rédeas fazia do meu Ex-Eu um ser governado pelo cavalo e este governado pelo esmo e o desnorte sobre um mapa sem pontos cardeais, coordenadas, acidentes geográficos, pontos ou quaisquer outras referências estadimétricas. Tudo era irrelevante, do zumbido de uma mosca ao urro de alguma fera. Ver meu Ex-Eu andando ali ao deus-dará, do levante ao poente, até que não me causou descontentamento, pois mesmo depois de apartado dele, afora um tempo de muito glamour, é assim que há mais de dez anos vivo, ou melhor, vegeto. Surpresa, todavia, tive, Ficha, quando vi o cavalo do meu Ex-Eu, tendo ele sobre o seu dorso, se aproximando daquela gente. Assim como hoje sou, meu Ex-Eu, por aquele tempo, nada juntava ou carregava, senão teréns imprescindíveis a uma vida itinerante: calça, camisa, paletó, botinas, chapéu, capa, lenço, anel, espelho de bolso, viola, escapulário, cornicha, navalha, canivete, espingarda, peixeira, coldre, cartucheira, retrato esmaecido de uma mulher, binga, fumo, palha, farinha, cachaça, diamba, colher, frigideira, caneca, linha, anzol e o batistério, além, obviamente, dos petrechos de cavalgar feito sela, rédeas, freio, laço, pelego, baixeiro, rabicho, estribos, ferraduras, cabresto, manta, alforje, barrigueira e chicote. Li nos pensamentos de meu Ex-Eu: gente louca, esta. Sequer me conhece, nem eu... Pergunta sobre mim, nenhuma... Tudo em mim é comum, muita coisa chinfrim e, apesar de todos estes paramentos, o meu cavalo é de uma indigência sem par. Penso que esta gente não precisa de salvador da pátria ou de algo parecido. De um profeta nem pensar... Os matos estão verdes, as roças em ponto de colheita, as casas rijas e caiadas, o riacho caudaloso e cristalino, as crianças rosadas e peraltas e os cães em pachorrenta calma. Homens úteis não os vejo. Suponho estarem no eito ou garimpo... Meu Ex-Eu não tencionava pousar ali, nem mesmo por ali passar e, por certo, confundiu-se em alguma encruzilhada. Não fosse a necessidade de dar de beber a ele e ao seu cavalo, com certeza Ex-Eu sequer se apearia. Absorto que vinha, nem se deu conta de sua chegada àquele lugar. E os pensamentos fluíam: ... *dias e mais dias não vi alma penada sequer. Como fui topar com essa gente... Alucinação!? Quando tomei a decisão de viajar o fiz em direção ao nada. Se quisesse dar com as fuças em algum arruado, eu teria cavalgado no sentido sul, jamais em direção ao poente que eu cria livre da presença de humanos. Mas aqui estou neste lugar que, como eu, não é governado pelo tempo. Curioso que eles não esboçam nenhum temor, apesar dos lampejos do cabo de meu punhal e do acinte da espingarda apoiada de través no cabeçote desta sela...* Ainda era cedo e eu poderia reprincipiar jornada, mas o prazer do cavalo em pastar fez-me sentar numa pedra, aliviar-me das botinas e refrescar meus pés. Olhos fixos no riacho, a cabeça indagando de onde vinham e para onde iam aquelas águas remetiam-me à minha própria ignorância sobre o curso de mim mesmo. Um rio está inexoravelmente fadado a seguir o seu curso. Eu não, e que inveja tenho dele: ter todos os rumos a seguir e não ter rumo algum... Nem bem me dei conta, meu corpo (ou melhor, o corpo do meu Ex-Eu) e sua surrada roupa se resvalaram suavemente e num instante estávamos imersos naquelas águas repousantes. Horas e horas consumimos entre braçadas e mergulhos e noite enfim chegou. Com ela o cansaço e a prostração. Foi o que fiz, do jeito que vim ao mundo, pois as roupas pus pra secar. Num segundo adormeci. Não sei quanto tempo submergi nas profundezas daquele sono, nem bem sei se sonho ou realidade foi aquela primeira boca que me beijou e aquela mão que alisou as minhas partes. Sei que foram muitas, dezenas, talvez centenas... Se eram reais, também não sei. Só sei que, de manhãzinha, acordei e vi todas as mulheres daquele lugar, nuas em pelo, tomando banho naquele riacho, próximas a mim. Vesti-me, montei e retomei a marcha rumo ao nada.

Deus, oh! Deus!

Cara amiga Máquina de Escrever. Amiga Ficha. Poucos dias no ofício de raciocinar, já estou ficando de saco cheio, tantas as preocupações que isso tem me acarretado. Não bastasse a dúvida acerca de que comi ou não comi aquela loura platinada, dei de ocupar o vazio do meu cérebro com um monte de coisas banais. Há quase dez anos datilografo em suas teclas. Como você não passou por manutenção alguma por todo este tempo, o jeito que achei foi improvisar, como fiz em relação a alguns de seus tipos que se desgastaram ou quebraram e não mais se prestam ao encargo de imprimir letras. Por estes dez anos nada aqui foi consertado, reparado, remendado, varrido ou pintado. Nenhum item novo aqui entrou. Mas não pensem que foi desmazelo meu. Eu também me abstive de comprar coisas, exceto o velho guarda-chuva que não usei, nem vou usar, pois morrerei assim que desabar o primeiro temporal. Além dele o meu inventário registra apenas este isqueiro, aquela marmita, três mudas de roupa, um par de sapatos, esta gravata preta e nada mais. Quando me emmimmesmei arriei-me de uma barafunda de coisas e me libertei do vício de ter. Arrebatado que fui do vício do poder, abri mão do vício de ser e, nem podendo, nem sendo, não vi mais motivos para continuar com o vício de ter. A rigor, nem mesmo esses itens que me restaram são verdadeiramente necessários, porque nada me impede de andar pelado pelo mundo e fogo para o meu cigarro eu posso obter por outros meios que não o isqueiro, inclusive friccionando, um contra o outro, dois pedaços de pau. Ninguém vê o invisível e eu, um nada de nada, não seria notado deambulando no trajeto pensão-galpão-bar--sebo-bar-pensão, despido desses desnecessários adereços. Não sou paradigma, parâmetro ou modelo em que a humanidade deva se mirar para eventual autoconserto. Para mim me é indiferente o que ela é, muito menos o que ela se tornará. Mas nada custa, amigas Máquina e Ficha, imprimir por intermédio de vocês e em vocês coisas que têm invadido a minha mente pós-Marilyn. Hoje, por exemplo, ao cruzar a praça em frente, deparei com uma gigantesca fila, cuja proa se dava em frente a uma loja de retalhos em liquidação. Um palhaço de pernas de pau berrava "comprem-comprem" através de um funil de lata e o alvoroço era total. Diminuí meu passo e, andando, observei, uma a uma, aquelas centenas de criaturas cujas fisionomias pareciam com a de um caçador prestes a abater e arrebatar a caça. Por alguns instantes, meus olhos, em lugar de verem a praça, viram sim uma imensa savana e aqueles retalhos, acuados dentro da loja, nada mais eram do que pacas, cutias, veados e onças prestes a serem abatidos pelas lanças do dinheiro, do cheque, do cartão e do crediário. Comprar, cheirar cocaína, sexar, fumar, beber, rezar, malhar são experiências multissensoriais, necessárias ao arrefecimento da dor de viver. Cada um se agarra a uma ou a várias delas, exceto os privilegiados sábios e loucos, que prescindem de todas elas. É bem verdade que muitos compram coisas que, de alguma forma, necessitam. Mas ao lado desses consumidores convencionais, uma legião de consumidores recreacionais pulula, conseguindo verdadeiros orgasmos no instante em que adquirem qualquer traste. Como ocorre nos outros vícios, tal prazer se esvai no ato da compra e a crise de abstinência nunca passa. Uma intrincada teia se nutre desse vício, do extrator de matéria-prima ao transportador, fabricante, fiscal, procurador, financiador, distribuidor e vendedor, tudo isso com a coautoria de comissários, sindicalistas, contadores, publicitários, artistas, atletas, homens e mulheres nus, fotógrafos, cinegrafistas, jornalistas, homens da cobra e Cia. Como a inadimplência grassa no setor, policiais, juízes, promotores, advogados, escrivães, oficiais de justiça, padres, pastores, psicólogos, psiquiatras, cobradores, serasistas, belchiores, sebistas, antiquários, garis, coveiros e mais um montão de outros parasitas nutrem-se dessa verdadeira praga que assola a humanidade. Não sei se nestes dez anos a humanidade se envolveu em guerras. Mas guerras, como instrumento eficaz no controle demográfico, nem são, a meu ver, mais necessárias, pois o vício do consumo irá se encarregar desse imprescindível serviço de aniquilar boa parte da humanidade. Somente o consumo exagerado de comida creio ser suficiente para, literalmente, explodir milhões de obesos. O de açúcares idem, milhões que devem ser os diabéticos. Os de gorduras nem se fala. O esgotamento das matérias-primas, por um lado, e o lixo que, presumo, transformou o planeta numa cloaca gigantesca, por outro, se encarregarão de terminar o serviço. E Deus, que há muito abandonou a sua obra, nada de mandar um raio para estraçalhar essa verdadeira organização criminosa, nem me brindar com a ansiada enchente. Se ainda tivéssemos pregadores de sermão como aquele que ousou dizer que Deus havia sido acometido de uma crise de preguiça, talvez o assunto estivesse resolvido.

Dúvidas

Por muito tempo eu me achava o queridinho de Deus, imaginando que Ele, quando da criação do Universo, focou toda a Sua atenção em mim. Eu O via, sentando em seu trono celestial, o tempo todo atento a mim, guiando os meus passos e quebrando um monte de galhos para mim. Certa vez eu comprei um carro e afixei no vidro traseiro um adesivo que revelava que o carro era d´Ele. Confesso que eu o tirei por medo de Ele mo tomar. Mas não quero dizer nada do tempo anterior ao meu niilimento. Destes últimos dez anos, também nada recordo, senão dos milhares de fichas que datilografei, dos milhares de cervejas que tomei, dezenas de milhares de cigarros que fumei e centenas de livros que li. Se d´Ele lembrei, foi para reclamar da demora em mandar a minha aguardada enchente. Isso, nada mais do que isso. Cheguei a um ponto tal que nem mesmo sou capaz de dizer peremptoriamente: não comi Marilyn, e ponto final. Mas, de umas semanas para cá, Ficha, a ideia d´Ele (não dela, Marilyn, Ficha) está tomando conta de minhas inquietações. Ele simplesmente me invadiu, mas com um aspecto muito diferente daquele que, quando eu era eu, eu O via. Abomino injustiça até com o pior dos inimigos, muito menos ser injusto justamente com Deus. Mas seguro estou de que Ele, ao construir o Universo, estava pouco se lixando para mim e para todos da nossa espécie. Tudo para Ele, naquele momento, era importante. Nada tinha prioridade sobre nada. Nada de privilégios, de jeitinhos ou de tapinhas nas costas. Se a obra requeria um ácaro, Ele o fazia sem se preocupar se ácaros iriam irritar o nariz dos humanos. Se ela pedia uma ameba, ameba era feita e assim por diante. Se ela pedia uma traça, a traça era feita sem se preocupar com você, Ficha, comigo que em você escreve, ou com o governo que me paga para desempenhar tarefa tão inútil. Mas de um cochilo, preguiça, cansaço ou até mesmo um surto histriônico, uma gozação divina, eu desconfio, ao criar bilhões de espécies, sobretudo as do reino animal, Ele usou de dois pesos e duas medidas. Para cada uma das espécies Ele fabricou um peculiar dispositivo, inalterável, inarredável, insuscetível de ser ignorado, atalhado ou adaptado, como o ferrão que Ele pôs na abelha ou triturador de papel que colocou na nossa companheira Traça. Mas ao obrar o homem, parece que algo de inusitado aconteceu, fruto do cansaço, da desatenção ou da gozação, e o homem saiu com um cérebro inteiramente diferente, tendo em comum com os demais animais o sistema operacional responsável pelas tarefas de procriar, comer, beber, descansar, andar, se coçar, atacar e se defender, mas, diferente deles, com um cérebro feito uma ficha em branco, onde seu portador tudo nela pode escrever. Sem qualquer manual de instrução, sem aqueles avisos de perigo, choque ou risco de explosão e, sobretudo, sem qualquer treinamento prévio, Deus introduziu o homem no Universo que criou e foi gozar de Seu merecido descanso. No início da peça teatral abelhas, araras, cutias, pacas, arapongas, jacus, grilos, gafanhotos, jegues, macacos, homens, cupins, traças, onças, catitus e todos os demais bichos, seguiam à risca seus papéis: beijavam quando deviam se beijar e matavam quando deviam matar. Mas nenhum daqueles atores tinha o poder de dizimar a outra ou outras espécies, quando muito tantos exemplares quantos a necessidade impusesse. Afinal, todos eram imprescindíveis naquela encenação, cujo único espectador – pensavam todos, menos o homem – era o próprio Deus. Dotado do dispositivo de pensar, dispositivo que não devia torná-lo melhor do que os demais, já que a razão está para o homem como o ferrão está para abelha, o homem deu asas à sua imaginação e ela, sem limite algum, fez com que ele suplantasse o próprio Deus. De tudo que li, Ficha, a sensação que tenho é que esta humanidade de que já fiz parte foi precedida de muitas outras humanidades, aqui e em outros planetas. À medida que cada uma delas atingiu o seu apogeu, descobriu todos os segredos de sua criação, afrontou os demais animais e atentou contra a ordem cósmica ou contra Deus, ela se esboroou, sendo sucedida por outra. Mas essa sensação parece não se sustentar quando se leva em conta o vulto da destruição por eles perpetrada contra o cosmos, vale dizer contra cada um deles, contra esses ácaros, cupins e traças nossos companheiros de galpão. Às vezes chego a pensar que, partindo do pressuposto de que Ele fez o homem à sua imagem e semelhança, o homem está certo em se achar o verdadeiro Deus, tanto que Deus não é nome de nenhum continente, país, província, cidade, bairro, vila, avenida, rua, travessa, nem de um reles beco. Li que o maior desdouro de um homem é dar mostras de que ele é humano. Penso ainda que Deus, usurpado pelo homem, assim que se der conta disso, retomará seu papel. Não pode ser crível que um macróbio insignificante, vivendo num planetinha frágil e perdido numa galáxia, orbitando um solzinho de quinta categoria, que não consegue andar, nadar, falar, comer, se proteger das intempéries, senão com a ajuda dos outros, possa fazer impunemente essa bagaceira que está fazendo, possa continuar com essa presepada aos olhos de Deus... Os cientistas, com justa razão, mataram os deuses das religiões, pois cada um era pior do que o outro. Mas eles fizeram muito mal em matar o verdadeiro Deus que deve existir e que haverá de pôr termo nessa bagunça geral. E se a omissão d´Ele, no que diz respeito à enchente que tanto aguardo, for por conta de Ele estar ocupado com os preparativos dos castigos que Ele dará aos homens, confesso, Ficha, que pacientemente espero, pois não quero perder a coça que Ele haverá de dar nessa cambada. Nem sei se coça será, pois não acho que Deus tenha que ser necessariamente vingativo ou punidor. Mas alguma coisa Ele tem a obrigação funcional e profissional de fazer, nem que seja passar a mão na cabeça dessa putada. Quimera, Ficha, quimera, a cada dia Ele bombardeia os humanos com vírus e mais vírus, bactérias e mais bactérias. Preparem amigos Ácaros, Baratas, Traças e Pulgas, habitantes deste galpão, para assumirem papel de destaque assim que se livrarem dos bichos humanos.

Desconstrução

Amada Ficha. Com certeza não há no mundo alguém pior do que eu, em todos os sentidos, menos pelo menos em um: sou um cara que dispõe das faculdades de falar, ouvir, enxergar, sentir, mas que, por vontade própria, se absteve por quase dez anos de utilizá-las. Eu simplesmente me desconstruí, mantendo tão-somente as funções essenciais à manutenção da minha vida vegetativa. Os refugos de minha autodemolição se perderam e não há como eu me reconstruir como antes, o que, aliás, não me passa pela cabeça. Mas confesso, Ficha, que ontem, na minha peripatetice entre o bar e a pensão, me veio uma estapafúrdia ideia de erigir sobre este meu esqueleto um novo homem. E a culpa dessa quase recaída é aquele sujeitinho que todas as noites, entre a segunda e a terceira cervejas, dá de falar sem parar no meu ouvido, sem que eu lhe retribua com uma palavra sequer. Ontem eu ouvi dele que eu não passo de um monte de ossos, carne e músculos, no que ele tem absoluta razão. Mas eu fico mesmo é encabulado como ele, sem nunca ter ouvido uma palavra minha, um sinal ou um simples gesto, é capaz de dizer exatamente como eu era e como eu fiquei. Chego a admitir que ele, na medida em que eu vinha me demolindo, foi catando cada entulho da minha autodemolição, os reencaixou e me reconstruiu em outro corpo, possivelmente no corpo dele mesmo. Isso, Ficha, pode até ser uma pista de sua estupefação pelo fato de eu não ter comido Marilyn. É isso, menina. Ao pegar as minhas partes que eu joguei fora e remontá-las, o sujeitinho certamente viu que eu era um sujeito que se encaixava no perfil dos homens de Marilyn, mas que não se dava conta disso e, portanto, não a seduziu. Agora fico a imaginar se o meu Ex-Eu, nele remontado, finalmente comerá Marilyn Monroe em meu lugar. Mas ela já morreu e, portanto, dane-se ele, pois agora o encargo de carregar a dúvida marilyniana é dele que se apropriou do meu Ex-Eu. Imagine só, Ficha. Se o eu original não prestava, imagine a merda que deve ser um "eu" replicado, reciclado e remontado por aquele e naquele sujeito tão esquisito. Se isso for verdade, aquele sujeito do bar é um indivíduo de alta periculosidade, dotado do dom de xerocopiar as pessoas, podendo as replicar ao infinito. Mas voltando ao "se", se eu tivesse a intenção – que não tenho – de me reconstruir, eu me reinventaria seguindo preceitos de um argelino meio doido, dotando-me da capacidade de perdoar incondicionalmente e de incondicionalmente ser fraterno, justo e verdadeiro. Mas um novo eu assim concebido e construído é insuscetível de acontecer sem que a humanidade, em sua totalidade, seja reconstruída nos mesmos moldes. Dono que eu era de mim, pude me botar abaixo sem pena, nem dó, mas isto eu não posso fazer com os demais viajantes desta ensandecida nave Terra. Quando muito eu poderia tentá-los convencer de que todos, sem exceção, devem oferecer seus corpos e espíritos à necessária desconstrução, abrindo assim a possibilidade para a reinvenção da humanidade, sem a necessidade de dilúvios, de messias e de outras tentativas vãs, feitas pelo Criador, antes de Ele simplesmente nos deixar ao deus-dará, como nos encontramos. Consertarmos nós próprios e os nossos semelhantes, parece ser o objetivo último dos animais chamados humanos. Somos mecânicos, reformadores, reparadores, consertadores e gambiarristas de nós mesmos. Como nada entendemos de nós, cada remendo, cada meia-sola, cada recauchutagem que fazemos em nós mais nos desfigura, mais nos afasta do nosso protótipo. Somos insatisfeitos com o que somos, física e "espiritualmente". Insatisfeitos com o desempenho do aparelho locomotor original enchemo-nos de próteses como a cacunda de outro ser humano, a do cavalo, do camelo, da lhama, as carroças, as bicicletas, as canoas, os navios, os trens, os automóveis, os aviões e as naves espaciais... Insatisfeitos com o desempenho de nosso aparelho fonador, apelamos para o uso de cornetas, microfones, telefones, alto-falantes... Ampliamos nossa visão com os binóculos, lunetas, telescópios, câmeras, cinema, televisão... mais libidinosos nos transformamos com os vibradores, viagras, bonecas infláveis...

109

trocamos nossos cérebros por cunhas, papiros, papéis e computadores... cobrimos de platina os nossos dentes, de silicone os nossos peitos e traseiros, de botox os nossos rostos... deixamos em divãs nossas angústias, nossos medos, nossas taras e nossa loucura, mas imediatamente a taça da nossa danação eterna novamente se enche. Certo é Ficha, que essa remendação constante sempre nos transforma em algo muito pior. Há muito eu percebi que Deus nos abandonou à nossa própria sorte. Felizes foram, exceto Noé e seus parentes, aqueles que se afogaram no Dilúvio. Mas como não haverá outro dilúvio coletivo como aquele, o jeito é cada um se virar com o seu dilúvio particular. Acho que fui o primeiro ser humano a ansiar pelo seu, apesar do danado do prefeito que dragou o ribeirão em frente.

Catarse Final

Excelentíssima senhora Dona Ficha do Arquivo Geral de Pessoal. Acho que o sujeito com o papo sobre Marilyn Monroe desgarrou-se de mim. Mas deixemos isso de lado. Vamos falar de outra coisa. Esta catarse que, de uns dias para cá resolvi fazer em você, Ficha, é para que eu não leve para o Depois de Mim nada, absolutamente nada. Você é a carcereira inamovível e vitalícia dos trastes que ora removo de meus neurônios. Os registros inteligíveis nele contidos fluíram com mais facilidade e também mais facilmente puderam ser transformados nestas letras que imprimo em você. Significativa parte deles já não mais consigo traduzir, como o fiz em relação aos demais, pela condição de traumas, tabus ou segredos que a vida me impôs que, de tão secretos, nem eu mesmo os consigo revelar para mim, muito menos pra você, Ficha. Tenho a sensação de que eles foram acessados por alguém que os roubou ou os corrompeu. Vejo os títulos, mas não consigo acessar seus conteúdos. Parábolas e catástrofes, parergas e paralipômenas, acaso e necessidade, aparência e realidade, arte e escolástica, capitalismo e esquizofrenia, caracteres e personalidade, cibernética e sociedade, ciência e filosofia, ciência e moral, comércio e governo, conhecimento e erro, conjecturas e refutações, angústia e êxtase, destino e liberdade, diatribes, diferença e repetição, duração e simultaneidade, bem e mal, passado e futuro, eros e civilização, escola e sociedade, escritura e diferença, espírito e realidade, estado e revolução, ética e infinito, eu e tu, expressão e significado, felicidade e civilização, física e filosofia, força e matéria, gesto e palavra, gravidade e graça, guerra e paz, história e utopia, homem e técnica, homem — máquina, humanismo e terror, ideias e eras, identidade e realidade, indivíduo e estado, intersubjetividade e ontologia, linguagem e pensamento, céu e mundo, matéria e memória, materialismo e empiriocriticismo, metafísica e psicologia, mito e epopeia, mundo e indivíduo, não-sei-quê e quase-nada, normal e patológico, obstáculo e valor, ou e ou, palavra e objeto, palavras e coisas, pintura e sociedade, religião e ciência, riso e condição humana, sagrado e profano, ser e essência, ser e o nada, ser e os seres, ser e ter, significado e verdade, significado e necessidade, temor e tremor, tempo e destino, teoria e prática, totalidade e infinito, totem e tabu, desespero e beatitude, vigiar e punir, violência e o sagrado, visível e invisível são títulos de imensos arquivos contidos em meu cérebro, Ficha, que eu, ao longo da vida, sempre consegui deglutir e decifrar. E é nessa imensidão que se escondem os meus traumas, tabus e segredos. Perdido entre eles pode estar o que me levou a encapsular em mim e me aferrar a você. Vasculho os meus neurônios, embaralho minhas sinapses e não acho uma explicação plausível sobre a dúvida marilyniana que tanto me incomoda. Ontem tive um sonho e nele Marilyn estava no cantinho da minha cama. Ela se vestia apenas de um perfume cuja fragrância era capaz de levantar um defunto, mas eu, embora a admirando, acariciando e beijando, não conseguia vê-la como uma fêmea no cio, mas sim como uma criatura angelical. De repente eu me fixei naquela pinta em seu rosto e tomei um susto. O rosto de Marilyn, seus cabelos, a pintinha, o vermelho de seus lábios, todo aquele conjunto era idêntico ao rosto da foto daquela funcionária que transou com toda a repartição, incluindo cerca de duzentos office-boys. Antes de datilografar em você, fui à pasta funcional dela e revi a tal foto. Ela era sósia da Marilyn Monroe e é possível que tivesse o apelido de Marilyn. Como eu era chefão ao tempo em que ali trabalhei, seria natural que eu a comesse. Como nada me lembro daquele tempo, nem dela, não posso dizer se a comi ou não comi. Pelo menos o fato novo que me vem à mente dirime minha dúvida de como eu, com seis anos, poderia comer uma atriz de cinema no hemisfério contrário ao meu. Também de como ela, morta, poderia me assediar. Pena que o carinha do bar sumiu e eu não tenho como desmascará-lo, a ele dizendo: Se não comi foi porque não quis, e ponto final.

Memorando número último

Prezados senhores Arquivos, Traças, Ácaros, Mesa, Percevejos, Binóculo, Ratos, Cadeira, Cupins, Pulgas, Máquina de Escrever, Morcegos, Baratas e Fichas. Esta é a última vez que me dirijo a vossas senhorias com o fito de lhes comunicar que, terminado que seja este último registro que aqui consigno, cruzarei a rua e me atirarei no ribeirão em frente. Por todos esses anos, aguardei ansiosamente que o ribeirão viesse até nós e nos consumisse, como era o desejo de nossas chefias superiores. O prefeito, todavia, teve a infeliz ideia de dragar o seu leito e as constantes enchentes deixaram de se repetir, inviabilizando o intento da administração em dar cabo em todos nós. Como o ribeirão não vem, não me resta alternativa senão ir ao encontro dele. Mas devo registrar, ad perpetuam rei memoriam, que essa minha decisão não seria tomada no dia de hoje não fosse uma ocorrência digna de registro: desde o meu despejo neste setor, há mais de dez anos, ninguém jamais pôs os pés aqui, senão eu que não sou ninguém. De igual modo, nenhuma correspondência ou documento aqui chegou a todo esse tempo. No entanto, na manhã de hoje, deparei com uma grande caixa de papelão, ao arquivo destinada, deixada aqui na porta. Não sei quem a trouxe, nem procurei inquirir a vizinhança sobre o seu condutor. Mas isso não vem ao caso. Abri o enferrujado cadeado e a arrastei aqui para dentro, como dita meu dever funcional. Confesso que, pela primeira vez em todo esse tempo, fui tomado por uma curiosidade sem igual e, num instante, a desembrulhei, rasguei suas tampas e me pus a retirar, um por um, cada documento. No décimo oitavo processo retirado, um susto! Era o processo em que perdi meu cargo, por abandono, após a oitiva de dezenas de testemunhas. A Comissão de Inquérito chegou a aventar a possibilidade de que eu estaria morto. Diligências foram feitas, inclusive no necrotério geral, mas não acharam o meu corpo. Sobre a mesa deixo meu talão de cheques assinado em branco, para cobertura de eventuais dívidas, bem assim documentos pessoais e funcionais. Informo-lhes que saldo algum possuo no bar, na pensão ou no sebo. Outra coisa. Se acaso algum dia Marilyn Monroe aparecer por aqui, perguntem-na se a comi ou não. Seja qual for a resposta, consigne-a em meus assentamentos funcionais e façam-na chegar ao chato do Bar, para que eu possa descansar em paz. No mais, resignadamente, parto para o meu fim, não sem antes agradecer-lhes pela calorosa acolhida que me proporcionaram, ao tempo em que lhes desejo saúde e paz.

Post Mortem Memorandum

Ontem à tarde eu me suicidei, atirando-me no fétido ribeirão que passa em frente ao abandonado arquivo da repartição que me demitiu por abandono de cargo.

meu corpo, durante horas, boiou pelas ruas e avenidas que o ribeirão serpenteia, mas nenhum sentimento despertei nos milhares de pessoas que certamente me viram pular e flutuar água abaixo.

desaparecido para sempre o eu de que eu era, até ontem, o outro – aquele com a história de Marilyn – cabe-Me suceder a mim no ofício de viver!

O Meu ex-outro, em sua idiotice, imaginava que consigo iria, rio abaixo, tudo o que a sua mente prodigiosa registrou, mas, na mesa de bar, Eu, a cada noite, retirei dela o tesouro que ora trago em Meu cérebro!

ele se livrou de Mim e Eu dele, tanto que ontem não Fui àquele miserável bar, nem lá pretendo retornar. Ao sebo fétido também não, porque tudo que lá está também está gravado cá em Meu cérebro!

Também àquele raio de pensão não vou voltar, tantos são os Hotéis Cinco Estrelas, Mansões e Coberturas ao alcance da Minha mão! Servidor público pretendo continuar sendo, não um reles barnabé como ele, pessimamente remunerado e que nenhuma ascensão funcional logrou.

Preparado Me acho para enfrentar e lograr a Primeira colocação no primeiro concurso de JUIZ que aparecer! Uma – a mais importante – das quase duzentas supremas cortes existentes neste planeta será o coroamento de uma brilhante carreira que Me espera! Aposentado, a maior e melhor banca de advogados do mundo será Minha! Serei Ministro da Justiça e Presidirei a República e o Supremo Poder do Concerto das Nações! Se porventura a morte algum dia me colher, assumirei o lugar do atual altíssimo, há muito velho e alquebrado, sagrando-me o Novo Deus!

assim que me suicidei, voltei ao galpão em que o eu de quem Eu era o Outro estava lotado e lá apanhei o talão de cheques assinado por mim, antes de eu morrer!

Fui ao Banco, Saquei todo o saldo existente, Contratei um carro-forte e nele Trouxe para esta Suíte Presidencial o Dinheiro que, ainda hoje, será transformado num Big Apartamento de Cobertura, num Carrão, Iate e Todas Essas Coisas imprescindíveis a um ser humano que se preze!

nos dez anos em que o Meu ex-avatar se enclausurou naquele galpão, ele não levou em consideração reajustes, aumentos e outros estipêndios pagos pelo governo, tendo sacado, mês a mês, somente aquilo que imaginava ser o seu vencimento. Com isso ele acabou por Me legar essa considerável Fortuna!

Além do DINHEIRO, Eu também trouxe para o Hotel o Processo que motivou a perda do seu – doravante Meu – cargo público e amanhã mesmo Estarei às portas da justiça reclamando os Meus direitos, inclusive reparação moral, pela via mandamental, posto que o Meu antecessor no cargo jamais faltou um dia sequer. Ademais, a demissão não foi precedida de devido processo legal já que nem citados Fomos!

Quanto às milhares de fichas arrebatadas por Mim nos arquivos, fiz publicar nos classificados com os seguintes termos:

> Senhor refinado, pessoa de bom trato,
> vende originais inéditos
> obras filosóficas de Sua autoria, que
> poderão ser editadas como de autoria
> do comprador. Garante-se prêmio
> Nobel de Literatura.
> Tratar 6199770114.
> Dispensam-se curiosos!

Talvez assim ganhe um rio de dinheiro!

Prefácio	7
eu e Marilyn Monroe	11
Ficha, eu não sou gay	19
Memórias de um sobrevivente de uma enchente que nunca aconteceu	23
Exercícios para bem utilizar o tempo	35
Exercícios para mal utilizar o tempo	41
eu & eu	49
eu, Todos e Deus	53
Desespero	59
Que inveja de você, Ficha	63
Não há mal que não traga um mal	67

Ontem eu não me reconheci	75
Ela & ela	81
Malleus Maleficarum	87
Ex-Eu	93
Deus, oh! Deus!	97
Dúvidas	101
Desconstrução	107
Catarse Final	111
Memorando número último	115
Post Mortem Memorandum	119

*Este livro foi composto com as tipografias Charter e Colaborate
no estúdio Teco de Souza e impresso em papel chamois fine 120 g/m²,
na Gráfica Editora Parma para a Musa Editora, em agosto de 2010.*